GIOVANA MORAES

Sobre Ser, Amar & Viajar

Todos os direitos reservados
Copyright © 2020 by Editora Pandorga

Direção Editorial
Silvia Vasconcelos
Produção Editorial
Equipe Editora Pandorga
Preparação e Revisão
Jéssica Gasparini Martins
Juliana Santoros Miranda
Diagramação
Vanúcia Santos
Capa
Cristiane Saavedra I CS Edições
Ilustração
Jhon Bermond
www.jhonbermond.com

In memoriam

Texto de acordo com as normas do Novo Acordo Ortográfico da Língua Portuguesa
(Decreto Legislativo nº 54, de 1995)

DADOS INTERNACIONAIS DE CATALOGAÇÃO NA PUBLICAÇÃO (CIP)
DE ACORDO COM ISBD

M827s   Moraes, Giovana
   Sobre ser, amar e viajar / Giovana Moraes ; ilustrado por
Jhon Bermond. - Cotia, SP : Pandorga, 2020.
   272 p. : il. ; 16cm x 23cm.

   ISBN: 978-65-5579-009-2

   1. Literatura brasileira. 2. Poesia. 3. Ficção. 4. Romance.
   5. Arte. I. Bermond, Jhon. II. Título.

2020-598
CDD 869.8992
CDU 821.134.3(81)

Elaborado por Vagner Rodolfo da Silva - CRB-8/9410
Índice para catálogo sistemático:

1. Literatura brasileira 869.8992
2. Literatura brasileira 821.134.3(81)

Ficha catalográfica elaborada pelo bibliotecário Pedro Anizio Gomes CRB-8
8846202020
2020
IMPRESSO NO BRASIL
PRINTED IN BRAZIL
DIREITOS CEDIDOS PARA ESTA EDIÇÃO À
EDITORA PANDORGA
RODOVIA RAPOSO TAVARES, KM 22
GRANJA VIANA – COTIA – SP
Tel. (11) 4612-6404
www.editorapandorga.com.br

PREFÁCIO

Enquanto eu passeava e me embrenhava pelos textos da Gi, apelido carinhoso que me dei ao luxo de expor aqui, em nome das diversas aventuras que compartilhamos pelos caminhos das artes, me via mergulhada em palavras etéreas, bem como senti que imergia, escorada por significados múltiplos.

Eram asserções de quem vive/viveu um bocado e intensamente, de quem ousa se arriscar, de quem curte buscar a felicidade, mas que, acima de tudo, ama compartilhá-la e disseminá-la por onde passa, por onde fica, por onde voa, por onde soa e ressoa, como que um sentinela das boas energias do universo.

Suas palavras carregam a força de quem luta, a suavidade de quem sorri ao viver (embora já tenha provado do choro da tristeza), a vivacidade de quem se permite desamanhar para se reinventar e se reconstruir, e o brilho de quem se deixa acariciar pela criatividade.

Sobre ser, amar e viajar é um sopro de esperança, é um carinho na alma, um refúgio para o coração, de alguém que ouve a própria essência e não se deixa calar.

Graziela Barduco

*"E eu assim,
meio sem querer,
meio sem saber,
me descobri poeta."*

É DIFÍCIL O ATO DE ESCANCARAR-SE
a si mesmo, nua, crua e imperfeita no papel.
Mas é preciso fazê-lo.
É preciso sair de si para ganhar o mundo e a si mesmo.

Ser, Amar & Viajar

É Sendo Que Se Ama, É sendo que se viaja, é viajando que se descobre que se é, é amando que se descobre o porquê de ser, é viajando que se descobre o amor em todas as suas formas, é amando que se é por completo, e é viajando dentro de si que se descobre quem se é.

AGRADECIMENTOS

Eu agradeço à magia e ao mistério que me trouxeram até aqui. Eu agradeço ao infinito e ao universo por me permitir compartilhar um pouco do que vivi e senti com quem aqui chegar. Eu agradeço a Deus – seja sob qual forma ele se apresente – por me dar forças e nunca ter me deixado cair. Eu agradeço por poder compartilhar – seja um livro ou um pedaço de pão. Eu agradeço às madrugadas flutuantes sob a luz da lua, à minha alma cigana, às reflexões e indagações amigas – ou nem tão amigas assim – que me levaram e ajudaram a colocar em palavras o que parecia estar trancado dentro de mim. Eu agradeço a todos os meus amigos, amores e (principalmente) aos meus desamores que indiretamente estão nesse livro. Sem vocês eu nada sou. Sem vocês e as situações da vida a que me levaram, pouco ou nada haveria para escrever. Se tem algo que aprendi com esse livro é que realmente é preciso viver intensamente, amar na prática, ser integralmente, viajar quando possível e compartilhar tudo (sempre!) que der, para algo fazer sentido completo nesse caminhado eterno de aprendizado e evolução. E que sem amor nada somos. Sem sentimento eu nada sou. E agradeço, por poder ser, por poder amar e por poder ter a certeza de que é esse meio mistério junto à força do amor que norteia – e sempre norteou – as minhas viagens.

(E ao Jhon, sempre ilustrando minha vida com a mais pura delicadeza que só os amantes da natureza e da vida podem ter).

INTRODUÇÃO

Ser, antes de tudo, é se permitir ser. Permitir-se se enxergar por inteiro, sem nada esconder. Permitir-se às mais variadas expressões e sentimentos trancafiados saírem de dentro de você, da forma que for. A poesia é a minha forma de permitir-me ser, espero que você encontre a sua. E, até lá, bailemos.

@SobreSer

A escrita me salvou de mim mesma.

De minhas loucuras. De meus pensamentos vãos. Me deu esperança de poder tocar e ajudar outras almas (começando comigo) com simples palavras de reflexão e aprendizado. Me deu fé, me manteve conectada a algo maior dentro de mim. Que brilha, querendo sair e distribuir luz por aí. Me deu sentido, quando nada mais parecia ter. Me deu norte; quando todas as bússolas internas se perderam. Me deu calmaria durante as tempestades. Me deu função nesse mundo grande de meu Deus. Me deu alegria, gratidão, humildade ao estar em contato com outras pessoas através de simples frases. Me deu ensinamento de ver que, na real mesmo, somos todos iguais passando pelos mesmos problemas e desafios naturais da vida. Me deu confiança e aconchego em ver que não estamos sozinhos, nunca. Mesmo que achemos que sim. Há milhares de outras pessoas sentindo o mesmo que você, talvez não sabendo como se expressar. E a isso sou grata, por poder dar voz a coisas e sentimentos não expressados, não identificados, velados e ocultos que estavam loucos para vir para fora. Só não sabiam como. Salve a escrita, salve a poesia, salve tudo aquilo que afaga nossa alma e coração através de palavras. Salve a divina expressão do que vive dentro de nós e da nossa mais pura verdade. Seja ela qual for. Agradeço por de alguma forma poder fazer parte disso. Só agradeço. Aos filhos da caneta e do papel, salve!

A poesia às vezes bate como chicote no coração da gente.
(assim, arrebatador)

De uma coisa eu sei:
eu erro todo dia
tentando acertar.

A vida não cabe em
planos, prazos e carnês
das casas Bahia.

A poesia que entorna nos meus versos.
(como expressar gratidão por algo que não
faço ideia **nem quero fazer
de como acontece?**)

Eu tenho a sensação de que a gente
passa a vida fugindo (com medo)
do que a gente realmente quer.

E se te perguntarem: quem manda no mundo?
São as nossas escolhas.

Montanhas são terra querendo ir em
direção ao céu.

**A arte de entender que o viver
é estar sempre em desequilíbrio,**
mas mesmo assim se equilibrar entre eles.
Cair? Jamais. Bambear? Quase sempre.
Se divertir e rir enquanto? Uma dádiva divina.

**Não querer que esteja sempre
tudo perfeitamente equilibrado.**
A grande lição. Sabe... relaxe um pouco.
Nem tudo precisa estar perfeito o tempo todo.
Assim vamos, de desequilíbrio em desequilíbrio,
até que entendamos que com a vida e o universo
está tudo maravilhosamente bem e que o
**desequilíbrio está em nós, em querer
equilíbrio perfeito em tudo sempre.**

Hoje acordei cheia de vontade
de espalhar bondades por aí.

Todos os nossos dias estão repletos de mágica:
é só abrir os olhos e enxergar (e agradecer).

Frases bonitas da semana:
Olha, mamãe, meus olhos estão cheios de sonhos!
(sobrinho de uma amiga ao voltar de sua primeira aula
na pré-escola)
**– tem coisas que só podem mesmo ser ditas
(e percebidas) por crianças.**

Às vezes um verso bonito
pode salvar seu dia.
(E é para isso que torço a cada minuto)

Peço para que um dia todos entendam que a coisa
mais séria é mesmo a brincadeira!
A arte, o riso, a leveza!
Isso, sim, é coisa seriíssima...
até lá continuaremos profundamente doentes.

Deus, me ajude a me tornar o que eu sou.
Me ajude a ser útil.
A não desperdiçar meu tempo em vão.
A espalhar amor e alegria por aí.
Deus, por favor, me ajude a ser útil sendo
o que eu sou.

Eu posso estar até nas águas, **mas minhas raízes**
são firmes, eu não envergo jamais
— disse o bambuzal a mim em meio à mata.

Eu vi a cachoeira derramar as lágrimas,
chorando, limpando, fluindo em um
lindo lago cheio de vida e alegria.
**O fruto do lamento
é a profundidade
e origem da alegria.**

**É tão leve o poder não saber,
o poder não acertar.**
Que erremos mais, e assim
aprendamos mais... e que por favor:
**nos sintamos cada vez mais leves
nesse processo.**

Conhecimento do céu:
Mesmo atrás da maior nuvem
de tempestade brilha um Céu azul.
**Lembre-se sempre:
as nuvens são passageiras...**

Coragem
– para não –
Calar

UMA DAS FRASES MAIS IMPORTANTES QUE OUVI NOS ÚLTIMOS DIAS (OU ANOS)

– G.M.

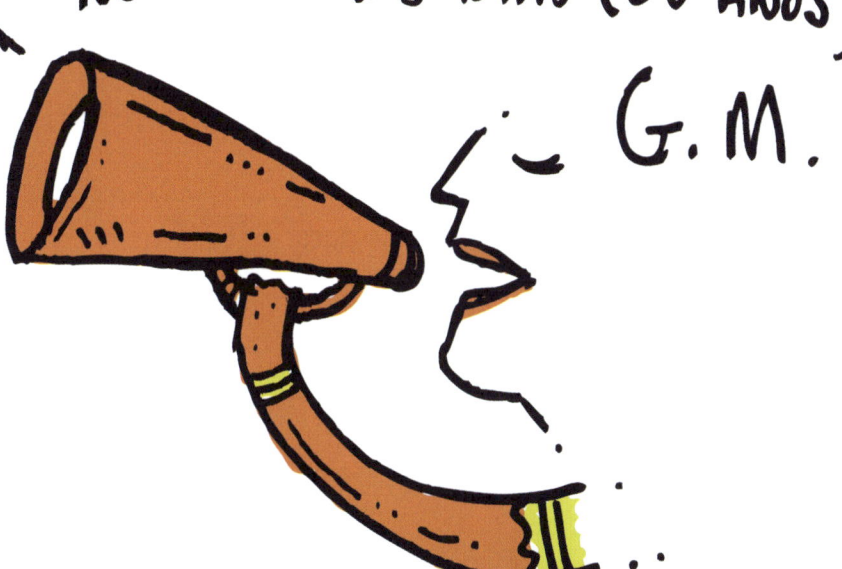

A(mar). Amar a imensidão azul que nos envolve, nos ensina e nos renova. O mar. Imenso, imensurável, como é o amar. Imenso, imensurável, verdadeiro e nossa essência.
O mar, no fundo, nos aproxima de nós mesmos.
Da imensurável quantidade de amor
que reside em nós.
Do amor que, lá no fundo, todos somos.

Remar. Re(amar). A si mesmo, o mar, a vida. Recomeçar.
Amar o mar.
Aprender que é preciso remar. A(mar). Recomeçar.
A cada hora, a cada minuto, re(ame).
A si mesmo, os outros, o mar. E não pare.
É preciso remar. Amar. Como o mar sem fim que
nos ensina cada dia uma preciosa lição.
A aprender a lidar com as nossas profundezas com a clareza de um dia de sol. **A não deixar o abismo vir à tona.** A saber a hora certa de remar mais forte e de parar e respeitar as tempestades e ondas. Elas têm sua função. E te fortalecem.
**É preciso remar, cada vez mais,
mais forte, com mais fé,
foco e força.**
Porque o mar, assim como a vida, não para.
**É preciso remar.
IMUA**
(significa Adiante, Força, Esforce-se!)

O mar lava e leva.
E dele, sou filha e devota.

Por favor, voltemos a ser índios.
Livres com sua pureza desnuda.
Com sua inocência inviolada. Com sua bravura forte.
Com sua proteção do todo.
Com sua integração na natureza.
Aliás, há certos dialetos indígenas em que nem existe a palavra homem. Somos todos natureza.
Voltemos a tomar banho de cachoeira, a fazer artesanato, a não produzir nenhum tipo de lixo. Na natureza não existe lixo, tudo se transforma, tudo vira terra de uma forma ou outra.
Lixo é o que a gente criou e chama de sociedade.

É a humildade de ensinar e principalmente a de aprender que nos torna aptos a Felicidade

G. M.

Alou! Você está vivo!
Há motivo maior que esse pra celebrar esse
milagre da existência?
O vento beijando as árvores e acariciando nossas peles?
A orquestra afinadíssima tocada pelos mais diversos pássaros?
A água fluidamente correndo na direção que lhe é chamada?
Um raio com toda sua luz e esplendor rasgando o céu?
**A vida está aí! Pulsando, vibrando a todo momento.
E é tudo que temos.
Não há como saber ou controlar a hora de irmos
daqui... então, dancemos e celebremos esse milagre
enquanto ainda é tempo!**

Enquanto puder ir em frente, vá.
Não questione como, quando e por quê. Apenas vá.
Forte como um leão que sobrou da "matilha" e segue
imponente em sua jornada, mesmo com as pernas quebradas.
Como o leão que sobreviveu à guerra.
Ele pode estar debilitado (e às vezes sozinho), mas
ele nunca deixará de ser um leão.

Eu tenho amigos de todos os tipos,
classes, conceitos, gostos e teorias.
Eu gosto mesmo é de gente.

Às vezes, ter muito é mais vazio que "ter" pouco.
Quantas famílias milionárias não vemos com tanto desamor? E quantos barracões – de zinco – não vemos exalando amor, união e afeto? Quantos?
O que eu sei é que o real valor não pode ser dado a um pedaço de papel.
Nunca. Jamais.

Um dia após o outro.
Um dia melhor para o outro.
Que tal?

Hoje eu conheci um rapaz que vendia suspiros doces em forma de cristal. Seu sorriso fácil e alegria de quem sabe que essa é a única forma de lutar a batalha diária conquistam fácil seus clientes. De doce, sua história tem pouco. Perdeu carreira, começou de novo, foi falsamente acusado, começou de novo, não deu certo, começou de novo. E hoje, ele por aí anda, vendendo suspiros doces de quem sabe que é preciso adoçar a vida, suspirando o bem pelas batalhas diárias das forças da paz. E que os suspiros espalhados sejam a esperança e fé de um mundo melhor amanhã. **Afinal, que escolha temos além de começar todos os dias pelas manhãs com a esperança de que seja doce?**

Você pode ter milhões de caos e confusões dentro de si.
**Mas, ainda assim, é você quem escolhe
o que vai compartilhar com os outros.**
Deixe a tola tristeza e a besta raiva falarem sozinhas.
Deixe-as. Ignore solenemente e continue
distribuindo sorrisos e amor por aí.

Nunca é tarde para fazer aquela pós que você sempre quis...

Nunca é tarde para tentar a vida naquele lugar em que você sempre quis morar.

Nunca é tarde para fazer aquela viagem que você sempre planejou.

Nunca é tarde para participar daquele trabalho voluntário que você sempre quis ajudar.

Nunca é tarde para começar aquela sua empresa que você sempre imaginou.

Nunca é tarde...

**Nunca é tarde para trazer à tona a realidade
que você quer para você.**

Nunca é tarde para fazer seus sonhos virarem realidade.

E quando vai ser tarde? Para adiar os sonhos, para não viver a vida, para não aproveitar ao máximo o momento, para lamentar e chorar mais do que o necessário, isso, sim, sempre vai ser tarde demais.

Aproveite enquanto é (há) tempo.

TODOS TEMOS ALGO DE LOUCO E PERDIDO dentro de nós, e é isso que precisamos achar e curar.

G.M.

Sabe, não adianta fazer pose. As pessoas verão o que elas querem ver. O que elas têm condições de ver, e principalmente: as projeções delas colocadas em você.
Ou seja... **para que se preocupar tanto com o que o fulano vai pensar de você mesmo?**
Ele – provavelmente – está pensando quase o oposto do que você acha que ele está pensando.
Não se preocupe... e vá ser feliz de uma vez!
Sendo quem você é. Essa, aliás, é única e verdadeira forma de ser mesmo feliz. Sério, não perca tempo.
A vida, por aqui, é uma só.

E se me perguntarem: do que você vive?
Eu diria: **de música, samba, dança e amor.**
Principalmente amor.

Um conselho pra vida:
Sabe aquele aperto no peito? **Aquele desespero** que parece fazer com que nada tenha sentido? De nada dar certo? **Espera que passa.** Tenha fé. Confie, deixe que passe.
Não dê muita bola... **Let it go.** Que logo a vida ressurge te trazendo boas novas. Novos ares. Calma e inspiração.
É como diz um velho ditado havaiano:
"só coloque as canoas em movimento quando as ondas estiverem calmas."
Continue, tenha fé que toda tormenta uma hora passa.

Nascemos para viver, cantar e dançar por aí! Como diria um velho ditado indígena, quando alguém está doente, há somente 4 perguntas a serem feitas:

Quando você parou de dançar?

Quando você parou de cantar?

Quando você parou para silenciar?

Quando você parou de se encantar pelas histórias?

G.M.

E quando nada mais fizer sentido,
faça somente o que sentido fizer (o que sentido tem).
Cante, dance, respire o momento presente no ar das matas e montanhas, se renove em um banho de cachoeira, se descarregue em um banho de mar, celebre a vida em comunidade à luz do luar em volta da fogueira, **se encante e se sublime com amor, música e poesia.**
Em dois dias tudo voltará a fazer sentido de novo... afinal ninguém nasceu para viver no meio de concreto cinza se escravizando para sobreviver até o mês seguinte.
(Já viu coisa mais sem sentido do que viver trabalhando de 8h às 18h sem fazer o que realmente faz sentido para si?)

E quando acabar as esperanças, e quando acabar as festanças,
Cante.
Até tudo ir embora
Até a tristeza sair
Até a alegria brotar novamente. **Cante**.
E se não funcionar, cante mais alto. Tem coisa que anda meio surda e dormindo por aí que é preciso acordar e mandar embora ou lembrar que existe.
Por isso... **cante**.

Sempre

Que possamos fazer tudo agindo na base da confiança e da fé e que o medo passe voando pra longe de nós.
Amém.

As pessoas são contraditórias, a vida é contraditória, a verdade em si é contraditória e pode mudar a cada momento. Falamos algo e fazemos o oposto no dia seguinte. Em um minuto estamos superalegres, no outro estamos no fundo do poço. Não somos sempre os mesmos e devíamos dar graças a Deus por isso. Como já dizia algum filósofo famoso por aí, só o que está morto não muda.

Que tenhamos a coragem de sermos nós mesmos, de sentir o que sentimos, de achar o que achamos, custe o que custar, doa a quem doer, aconteça o que acontecer. Nada pode ser mais importante do que manifestar sua verdade aqui e agora. Nada.

Não seja falso com você e muito menos com o mundo. Dá pra perceber e é feio. Você não precisa ser coerente. Não precisa estar feliz o tempo todo nem puto da cara todo santo minuto. Não precisa ser sempre bonzinho ou malvadão. Somos seres plurais e mutáveis.

Hoje eu faço uma promessa a mim: eu nunca serei uma profissional. Eu nunca venderei minha alma a troco de nada sem valor. Eu serei eu, humana, viva e loucamente apaixonada pela vida. Celebrando cada momento sem ter que se esconder atrás de nenhuma imagem. Ser eu, puramente eu, com todos os lados que isso incluir.
Não quero me trair e fingir algo que eu não sou, mostrar algo que eu não sinto.

Quero liberdade, liberdade de ser, sentir, viver e experimentar. Me ater somente ao essencial que todo o resto virá.
Eu não nasci pra ser profissional, eu nasci pra ser humana.
Dançando e cantando pelas esquinas do mundo.
Bêbada de entusiasmo, alegria, apaixonada por essa vida. Sendo tão grata por tudo até não caber mais no corpo nem no coração e precisar transbordar para fora em bênçãos e amor.

Eu não quero casa, quero só portas e corações abertos. **Quero aeroportos, estradas, portos, tudo que me lembre que a hora de partida está chegando** e me faça querer aproveitar mais ainda cada momento e oportunidade que essa vida oferece.

Pois a partida é a única certeza que a gente tem nessa vida. Que cada dia seja uma viagem cheia de aventuras, entusiasmos e descobertas. **E que a estrada nunca tenha fim!**

Sabe, tá tudo bem ter defeitos e errar de vez em quando.
Mesmo.
O autoperdão e a autocompaixão deveriam ser
sempre nossos mais próximos e melhores amigos.
Não há muito mais a fazer. Sem eles, continuamos na lama
e nenhum novo horizonte se abre à nossa frente.

**Que tenhamos confiança de que nada importa
mais do que ser de verdade quem somos.**

A poesia que entorna nos meus versos.
— É a fonte incontrolável da minha paz de existência
no mundo. Porque algo, pelo menos algo,
há de fazer sentido aqui.

O caos da poesia é **o caos** do poeta.

São coisas, talvez, que **na minha inocência de menina
grande** eu não saiba, não veja e por isso não entenda.

Essa arte nossa de rir da desgraça devia ser estudada.
Digo mais, ela é essencial à vida.
Que mais podemos fazer além de rir das desgraças nossas do dia a dia?
Que chorar não resolve já estamos cansados de saber... Que pelo menos achemos nela a graça e ríamos até a barriga doer
e não restar mais des(graça) nenhuma.

Quem foi que disse que a vida vai estar sempre equilibrada? Ou que isso é possível? Vamos lá... sabemos que tem sempre um ponto que está assim, meio desequilibrado.
Mas e daí?
**Quem disse que tudo tem que estar equilibrado sempre?
Quem disse?**

Não deixemos que *nossos medos e inseguranças* sobre o futuro ESTRAGUEM a delícia de SER SURPREENDIDO por ele.

G.M.

A busca incessante por algo pode te impedir de chegar ao lugar desejado. O que tiver que chegar pra você chegará, sem pressa e sem forçação de barra. **No seu tempo devido, assim como são as coisas de Deus, menino.**

~~~

Calma. As portas só se abrem na hora certa.
Tenha fé e paciência. Deus sabe o que faz. Essa força maior que nos move tem lá o seu sentido.
Para que abrir uma porta lá na frente se você ainda nem percorreu o caminho até ela? Para quê?
Tem certas portas que só se abrem depois de adquirir e carregar consigo a bagagem necessária.
A verdadeira riqueza está no caminho,
e principalmente no caminhar...
É somente por ele que se chega à tão desejada porta.
É sim, portanto, necessário atravessá-lo, mas com a calma e a certeza de ir, não se está querendo ir a lugar nenhum.
Apenas caminhar.

~~~

Por que somos assim tão insatisfeitos?
Como se não tivessem mil motivos para agradecer de joelhos todos os dias? Como se as bênçãos divinas não estivessem sempre presentes? Como se não estivéssemos, aqui, vivos, livres, com oportunidade de sempre aproveitar
a vida de alguma forma? Por quê?
**Precisamos — urgentemente —
de cursos de gratidão.**

Somos luz.
Não nos esqueçamos jamais.
Não importa a escuridão que nos ronda, **somos luz**.

⁓

Às vezes, as mais **complexas sabedorias**
estão escondidas nas mais **simples frases**.

⁓

Definições
Vida: a arte de aprender a se equilibrar
nos desequilíbrios.
Vida: a arte de entender que o viver é estar sempre
em desequilíbrio e, ainda assim, continuar, sorrir
e seguir em frente.

⁓

Poucas coisas são tão poderosas como pessoas
em volta da fogueira contando histórias expostas aos
mistérios do céu estrelado e da boa música, companhia,
reza ou poesia.

⁓

E depois de tudo eu ainda posso sentir
o doce gosto de liberdade
andando por aí na madrugada afora.

Sem rumo. Com vento me levando aonde a brisa soprar. Sentindo o cheiro fresco do sereno da noite e sentindo o silêncio inteiro vivendo em mim.

⁓

A **música** pra mim é, às vezes, a forma mais próxima de falar e **estar com Deus**.

⁓

Aceitar, mas nunca se resignar.
Perdoar os erros, mas jamais esquecê-los,
pois precisamos aprender com eles.

⁓

Na maioria das vezes estamos nos relacionando com os nossos próprios medos **em vez da pessoa que está na nossa frente** (talvez, também, cheia de medos).

⁓

Nós nos reconhecemos nas nossas humanidades.
Falhos, imperfeitos, humanos,
pequenos diante do mistério da vida.

⁓

Eu não sabia que eu era tão mestre
na arte de me enganar assim.

~

Fique atento. A louca ansiedade e a vazia depressão andam loucas para pegar alguém perdido por aí. Fique atento. Não dê brecha. Se preencha de sorrisos, alegrias, bom humor, coisas que te fazem feliz, meditação, respiração, dança, música, amigos, natureza, ajudar os outros e amor. Muito amor. Só o amor na real preenche. Deste, não desgrude jamais: quanto ao resto – **fique atento**.

~

A gente tem mesmo é medo dos nossos maiores sonhos.
(aquela vozinha inconsciente dizendo lá no fundo:
e se não der certo? Vamos fazer o quê?)
Vamos aprender a ignorá-la e ser feliz logo?

~

Deus não fala, ele grita. **Somos nós** que estamos surdos. **Somos nós** que estamos precisando renovar e limpar a sujeira de cada dia para ouvir. **Somos nós**.

~

Eu queria que, às vezes, as pessoas tirassem o acento do
amém e dissessem somente Amem!
É mais fácil e eu sinto que a mensagem original é a mesma.

༺༻

*Sabe, não há muito mais o que fazer do que
ajudar as pessoas a serem felizes
e terem bons momentos.*
Não há, juro. No fim, é tudo sobre isso.
É esse é o segredo e a chave para o grande mistério.

༺༻

(Dúvida cruel) Como lidar com esse contraste angustiante entre aproveitar a vida que pode acabar a qualquer momento e trabalhar para ter uma vida melhor sabendo que isso leva tempo, dedicação e esforço diários?
Confiando na vida que sabe a hora exata para te mandar embora quando os esforços necessários tiverem sido feitos...
Mas quem disse que é fácil?

༺༻

Sabe, a vida estará sempre desequilibrada em algum ponto. O jeito é se equilibrar entre eles. Como? É como andar em corda bamba. O desequilíbrio está ali. Mas você está em pé, reto (ou nem tanto), focado aonde quer chegar e o melhor possível: *ainda conseguir se divertir e rir durante a passagem.*

༺༻

O chorar também é bonito. Liberta, libera.

Libera novos caminhos e novas águas a virem percorrer.
Dá boas-vindas a caminhos novos, a sentimentos novos,
a águas novas, ao fluir.

O importante mesmo é o fluxo. O fluxo da vida, constante
e fulminante, que não pode parar, represar, virar lama.

Porque o rio da vida precisa fluir, chorando ou sorrindo, alegre ou triste, constante ou inconstante, ele precisa fluir. Ser o que é.

Afinal, vida é movimento, é água correndo, existindo
e levando o que precisa ser levado e transmitindo
o que precisa ser transmitido.

Leve, como as águas amaralinas fazem transparentes parecer,
ou então turvas com as amarguras da vida, isso...
só o fluir permite. Se não represa, vira lama e saímos
do fluxo, que precisa sempre correr e seguir, ir pra frente.

Tudo bem às vezes as águas estarem meio sujinhas, faz parte
mesmo, o importante é fluir, não se apegar ao que estiver
passando... seja turvo ou cristalino.

O importante é fluir.

Fluir por essas águas e sentimentos da vida que tanto nos
guiam e levam – se deixarmos e permitirmos – aonde temos
que ir. A aprender o que temos que aprender. A seguir (ou
retroceder) o que necessário for. A ser o que tivermos que ser.
Independentemente da forma e da característica.
Mas fluindo... com o rio doce (ou nem tanto assim) da vida.
Conectados com nossas águas, deixando-as vir e fazer o
movimento que vieram fazer... e não represar jamais.
Essa é a lição. **Deixar o rio ser rio.** Apenas rio.

Sem nomes, sem atribuições. Apenas o fluxo da vida sendo o que é, sem as nossas prepotentes interferências, ou inseguras intromissões... *deixar correr, deixar fluir, deixar viver, deixar ser.*

É preciso curar as suas próprias feridas.
É preciso entender que o tempo passou, e não estamos mais em perigo ou em certas situações.
É preciso entender que não precisamos mais agir de certa forma por medo, trauma ou falta de referência...
Não precisamos mais machucar ninguém porque fomos machucados um dia.
É preciso, urgentemente, fazer essa reforma íntima. Porque, senão continuaremos sempre de alguma forma machucando a nós mesmos.

Às vezes, me vem um medo enorme, no fundo mesmo, eu não faço a menor ideia do que fazer com a minha vida.
Tenho medo de fazer tudo errado, mas ao mesmo tempo não faço noção do que seria certo. São tantas opções, tantas vidas que eu queria viver, mas tenho uma só e o tempo urge, chamando, desfilando a sua efemeridade.
Será que um dia vou ter aquela sensação de tchá!
Foi para isso que eu vim ao mundo e isso bastará?
Nessas andanças todas eu tenho adquirido várias certezas,

mas todas do que sei que não quero.
Eu não quero ver minha vida passar em um escritório das 8h às 18h, eu não quero ter que conviver com as palavras formal e impessoal. *Eu não quero ter que me esconder atrás de um personagem ou título, mas como lidar se o universo só ouve o que a gente quer?*

Não adianta. **Eu não sou moça adequada dessa sociedade.** Tem um intenso desejo em mim de transloucar essa *porra* toda sempre.

Sabe... *às vezes as pessoas são só diferentes* mesmo. Não tem nada de errado com a gente, juro.

É tão bom enxergar sem poeira no rosto.
Ver claro e límpido como a realidade deve ser. Livre de nossas poeiras ilusórias, sem as nossas coercitivas visões. Livre do nosso apego ao que a realidade "deveria ser". (É como querer que o tempo ande pra trás, meu bem). **A realidade é o que é.**
Quem (quer) enxergar diferente é a gente mesmo.
Entenda, a ilusão está (em) nos nossos olhos.

(Um errante navegante)

Eu acho um verdadeiro tédio essas pessoas cheias de certezas.

Cadê o espaço para se descobrir que o que se sabe é mentira?

Cadê o espaço pra mudar de ideia? Pra se descobrir errado? Pra aprender?

A certeza do recomeço é derradeira.
Terrifica ao mesmo tempo que conforta.
Aperta ao mesmo tempo que alivia.
Traz dúvida e ao mesmo tempo traz certeza.
Certeza de que é preciso seguir e certeza de que é preciso deixar o que ficou para trás, juntamente com as dúvidas.
Assim, recomeços são feitos.
Carregados pela fé e confiança de que o melhor virá, transformando e levando embora tudo que não é mais cabível de prosseguir.

Avante!

Eu não sei ir com hora pra voltar.

Vai saber dessa vida o que nos apresenta, e se ficar for a decisão que seu coração escolher?

Como podemos sair de casa com essa certeza de que voltaremos? Os mesmos que saímos, definitivamente, jamais voltaremos.

Um minuto, uma ideia, uma conversa, uma dança e já não somos mais os mesmos.

Eu não sei me comprimir em horas marcadas.

Preciso, sempre, de expansão, de liberdade, de ir, de vir, de ser.
O que eu quiser, o que eu não quiser.
De mudar, de ir além.

Se constringir para caber em algo fere profundamente os princípios da minha alma. A vida está sempre em expansão, indo e vindo, expandindo cada vez mais e levando cada um aonde tem de ir... se permita. O universo é mesmo uma caixinha de surpresas.

Às vezes o *Destino* tem planos Melhores do que os nossos

G.M.

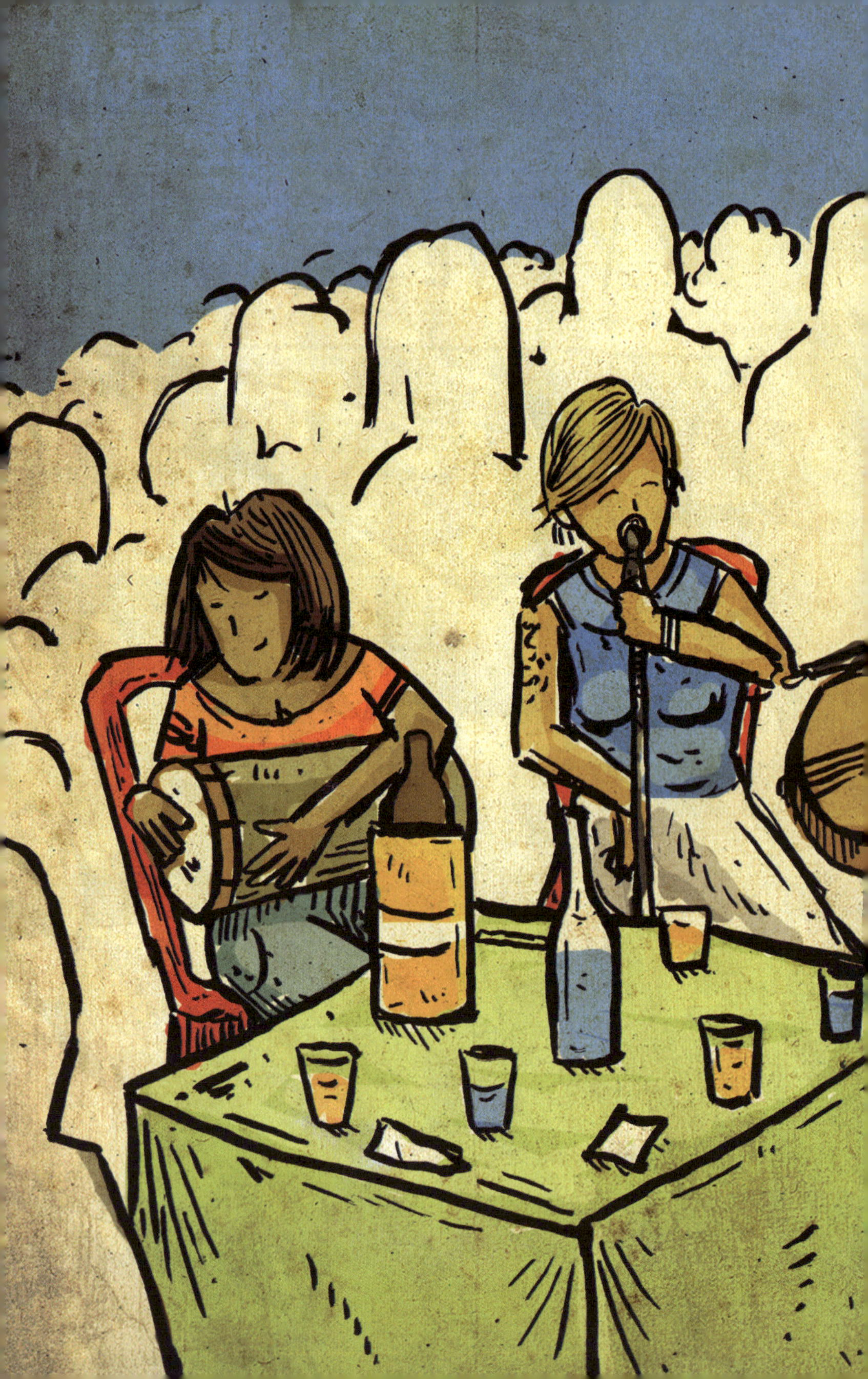

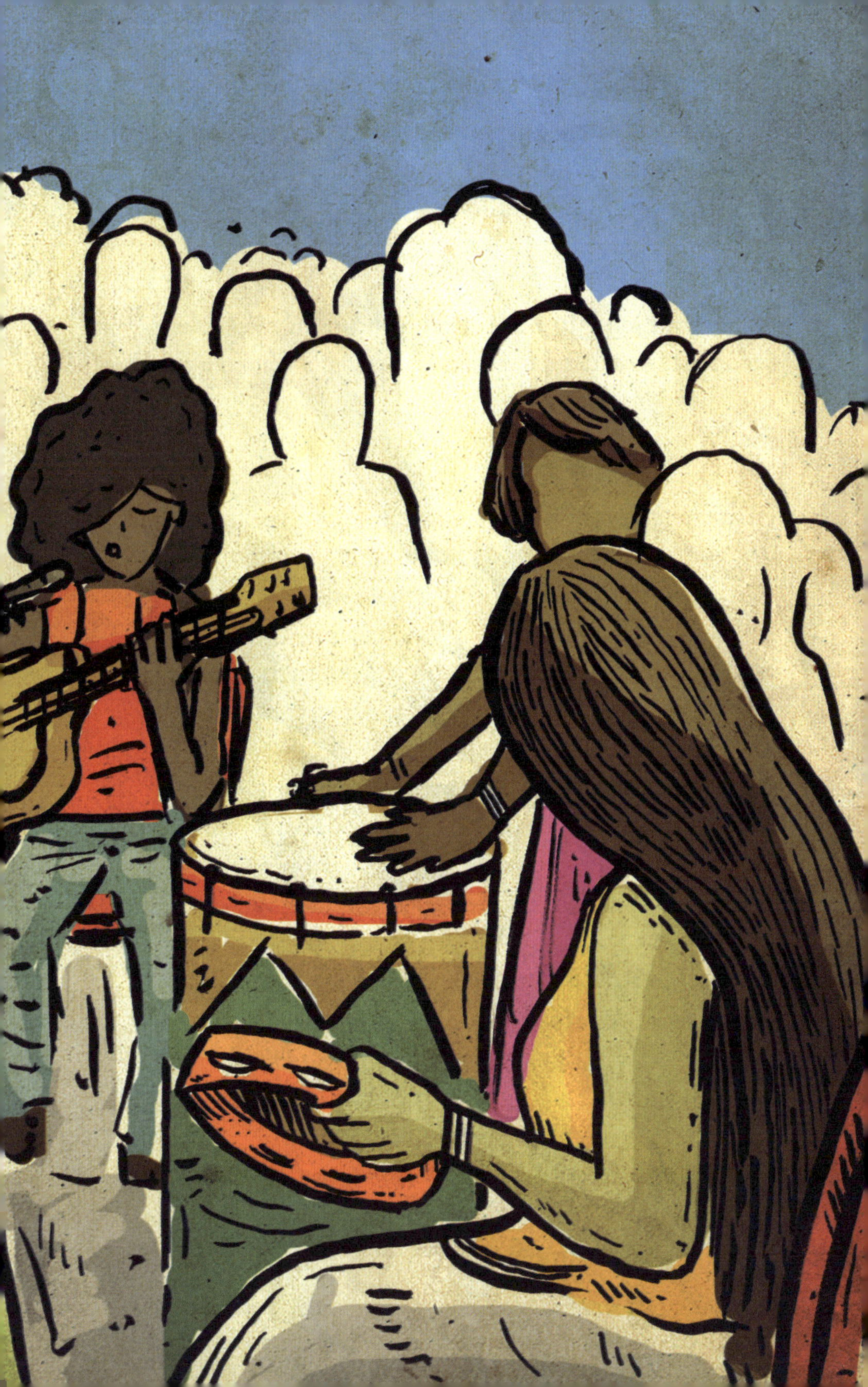

O samba é mais que minha terapia, é minha cura.
Nele eu me refaço e renasço.
No esplandecer da aurora dos que nunca perdem as esperanças.
Eu vivo.

Na linguagem do meu amado samba:
Com todas as cicatrizes, é mais do que dar a volta por cima,
é renascer das cinzas. E continuar. Sabendo que o show – sim,
sempre – tem que continuar.

Eu sou feita de samba e o samba é feito de mim.
Vivo no mundo dos bambas e dele jamais vou sair.
No samba me criei, renasci, me achei e me perdi.
Do samba fiz a minha história, minha glória e meu cantar.
Do samba fiz minha luta, meu luto, meu grito.
Do samba, fiz meu amor, minha dor e meu sorrir.
Do samba, eu sou.
No samba, me completo, me revivo e me refaço.
Samba é coisa séria, rapá.
E da minha vida, samba se fez história viva, tangível, delicada
e profunda, todos os dias e minutos desse meu viver.

O lamento do samba vem da certeza que sem música,
sem melodia e sem poesia não dá pra continuar.
Da dor se tira música, como se tira leite de pedra.
Da dor se transmuta poesia.
E sai cada coisa bonita.
Ache a sua forma de transformar sua dor em Poesia.
E tudo se curará.

O samba é luta. Em todos os sentidos.

Fazer samba, então, é luta, raça e resistência. Daquelas que vêm do coração e da chama acesa de não deixar o samba se apagar, sabe? Seja de quem for, é luta.

E eu luto. Todos os dias para isso. Afinal o samba não pode morrer e muito menos acabar.

Não o carrego como fardo, mas com a leve alegria de quem carrega sua fonte de inspiração e sentido do mundo desfilando sorrindo na avenida.

E mesmo com tanta labuta. Na hora que o tamborim toca, tudo faz sentido. Tudo se encaixa harmonicamente com o tilintar dos pandeiros, meu coração voa, meu pensamento se esvai e minha alma grita: **aqui é o seu lugar, menina.**

Deus é coisa muito séria. É algo grandioso, que mora em cada um de nós.

Como pode brincar com um negócio desse? Pode não. Deus é coisa séria.

Já contou quantas pessoas vivem neste planeta?
Imagina brincar com tudo isso de gente?

Sem falar no Deus que vive nos animais, nas plantas, em tudo que vive e respira, troca, comunica.

Outro dia ouvi sobre o maior fungo do mundo que servia de comunicação (!) para uma floresta inteira. Como podemos não chamar isso de Deus?

Tudo que de alguma forma pulsa.

O girassol que todos os dias olha o astro rei, se contorcendo sabe se lá como na sua direção.

E a gente todos os dias ignorando isso solenemente? Não dá.

Vamos enxergar Deus em cada cantinho, em cada sorriso, em casa flor, em cada acontecimento bom (ou até ruim...) que tivemos. A cada momento. *E agradecer, porque o todo é o todo e deles somos integrantes!*

E eu lhe digo, não subestime (jamais!) o efeito das palavras.
Elas podem ser estarrecedoras, elas podem curar vidas,
elas podem fazer uma revolução.
Use-as com sabedoria. Sempre.

Eu sei que parece estranho, mas as coisas óbvias são as que mais precisam ser ditas.

É muita gente surda por aí, ou sei lá. Mas que precisamos continuar dizendo que precisamos. Até que esse mundo se transforme no que é para ser. Todos de mãos dadas sem armas nas mãos, todos de mãos dadas apenas com o coração nas mãos, todos de mãos dadas e munidos de amor nos olhos.

Todos, juntos, unidos, no amor, compreensão, união, perdão e luz.

Até lá, continuemos repetindo.

Amem.

(e nós somos amor.)

Todo mundo tem aquelas histórias que sempre contam pra todo mundo. Todo mundo, eu obviamente inclusive. E um dia eu me peguei cansada de contar essas mesmas histórias que eu sempre com tanto orgulho contava pra todo mundo pra afirmar quem eu sou ou o que já passei. Deu uma preguiça de mim, uma preguiça daquela bagunça toda que eu tinha que fazer pra reafirmar quem eu era. Uma preguiça sem fim. E uma vontade enorme de simplesmente ser. Sem ter que explicar, contar causo, provar e reprovar nada para ninguém, muito menos pra mim. **Só... ser.**

(Em)frente. **Enfrente.**
Enfrenta logo que tudo vai pra frente.

Eu tive que ir pra poder voltar. Eu tive que estar milhões de milhas longe pra entender na pele o valor do que eu já tinha, do lugar que eu vim. Eu tive que morar longe pra perceber que o meu lugar sempre foi aqui. Às vezes, a gente precisa disso, experimentar o oposto para reafirmar nossas certezas ou para encontrá-las. Como muitos dizem, só aprendemos errando. E pra descobrir a porta certa, só batendo em muita porta errada antes.

Não tem jeito. Não tem bola de cristal ou mágico que vai magicamente te apontar o caminho certo sem erros ou decepções. Não há atalhos. É preciso viver intensamente o erro. Acho que tais "erros" são só preparações para você chegar no caminho certo.

Como se você não estivesse ainda pronto pra encontrar essa porta. Que se encontrasse a tal porta certa agora não entenderia ou não teria como aproveitar, pois não teria a bagagem que os erros lhe forneceram. Não há magia, não há mistério. Deus, ou o que seja, tem mesmo seus tempos. É errando que se acerta. É caindo que se levanta. É se machucando que se aprende a curar. É chorando que se aprende a rir. É caminhando que se aprende a caminhar. **Como diria Criolo: "quando lhe oferecem um caminho mais fácil..."**

Quebra a cara, aceita o choro, sente a dor batendo rasgada no peito. E cresce, evolui, renasce. **Como diria Jorge: "Vamos renascer das cinzas..."**

É preciso aventurar-se!
Soltar as amarras do conhecido.
Se abrir ao novo
Se entregar ao inesperado.
Contar com o acaso
Ter fé em algo maior.
Confiar em si.
Não paralisar pelo medo.
Confiar nas pessoas.
Ser humilde e aprender a pedir ajuda.
Se equilibrar entre sorte e ação.
Perder seus pontos de vista.
Mudar o eixo.
Ver o diferente como normal.
Esquecer os certos e errados. Viver na impermanência.
Aproveitar enquanto é tempo.
Aprender a respeitar o seu espaço e o do outro Ser Humano...
Aceitar as fragilidades.
Correr quando der vontade.
Chorar quando preciso.
Gargalhar sempre que der.
Dançar, sempre.
Parar de adiar os sonhos.
Se guiar pela intuição.
Ouvir seu coração. E ir.
Aprender a não pensar tanto.
A diminuir a análise, julgamento e comparação.
Ser você mesmo! Sem vergonha de ser feliz.
Celebrar a vida! Estar com a natureza.
Saber respeitar a força do tempo que tudo leva, tudo consome.
Saber deixar ir...

Às vezes, indo mais devagar se chega mais rápido.
(Não é a velocidade de caminhar, mas a **forma que se caminha**)
Como dizem: a pressa é mesmo inimiga da perfeição.

⚘

Lembre-se: é somente no próximo passo que você saberá o que fazer em seguida. A vida muda a todo instante, não queira planejá-la e perder as preciosas oportunidades de conhecer outros caminhos e pontos de vista invisíveis a você agora.
Confie, não tenha medo. Arrisque e vá. Comece sua jornada.

⚘

(Dia de lição)

Como toda criança birrenta nos recusamos a crescer. Fazemos manha e queremos o que queremos, agora do nosso jeito e nada mais.

Queremos e choramos pelo cara que não nos quer e continuamos reclamando que a vida não é como queríamos que ela fosse. **E quem disse que a vida tem que ser o que queríamos que ela fosse? Quem disse?**

⚘

O nascer do sol traz o pôr da lua e o pôr do sol encaminha o nascer da lua. Não se engane... nada para, **tudo recomeça**. Em um ciclo sem fim.

⚘

A graça está em ir à luta. De graça não tem graça.
A graça está no batalhar e ir atrás. **É na batalha** que se aprende. É na batalha que se evolui. É no meio do redemoinho que se aprende **a sair dele**.

E quando tudo parecer acabar, a vida ressurge com novos objetivos, metas e quereres.
Sempre há algo de bom que podemos fazer. Sempre.

O que eles nunca podem fazer é proibir a gente de sonhar.
Lembre-se disso.

Mantenhamos a simplicidade acima de tudo
para não sermos vítimas fáceis da ganância.

(que desnecessariamente acaba lentamente com tudo que verdadeiramente importa nessa vida).

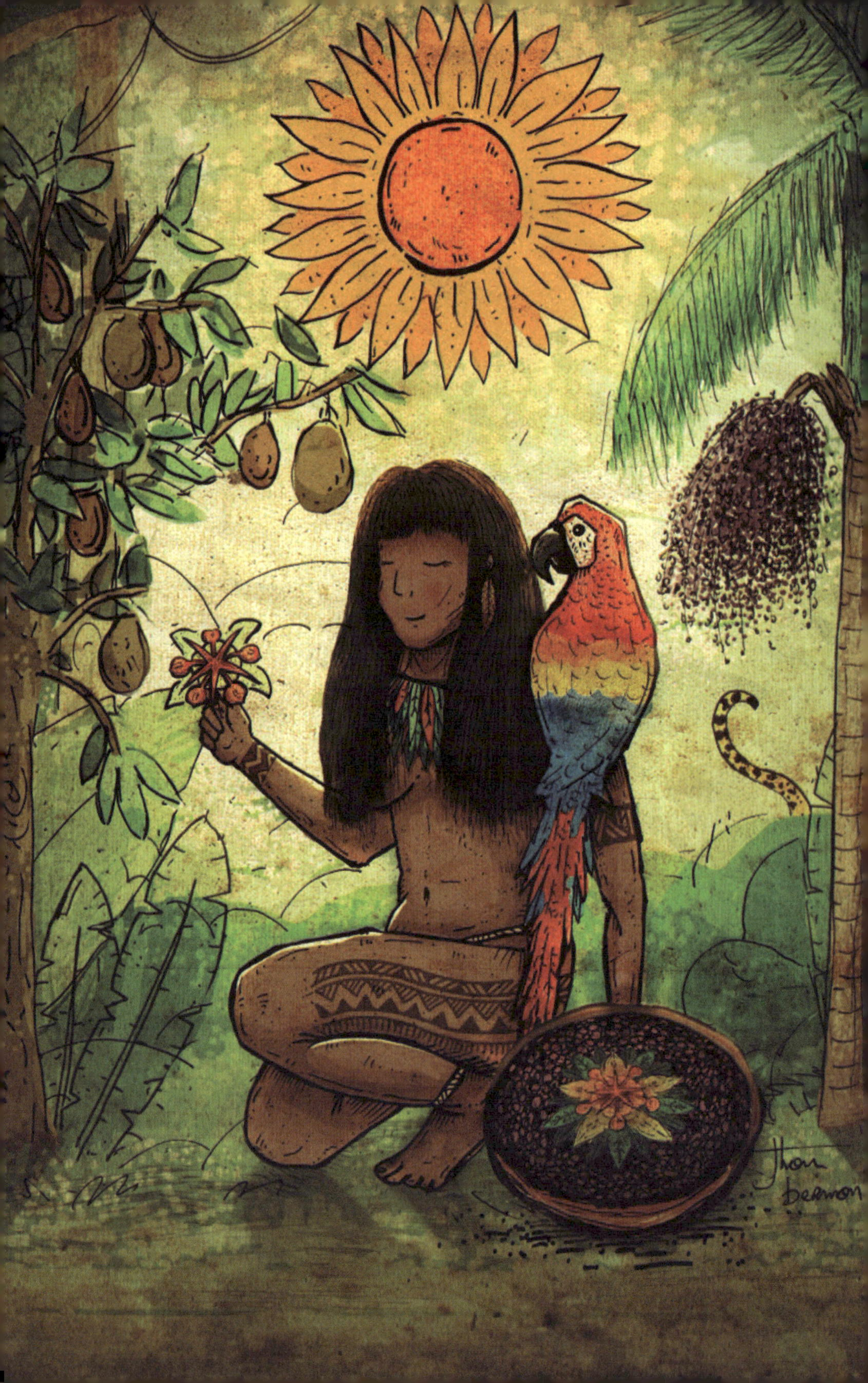

Por favor, voltemos a ser índios.
Voltemos a nos conectar com os ciclos naturais da vida. Das águas, dos céus, da terra, das luas.
Voltemos a nos conectar com os animais, com as plantas e suas origens e medicinas.
Voltemos a ser como um, a entendermos que somos parte desse todo que nos habita.
Que não há separação entre homem e natureza. Somos natureza. E dela deveríamos (con)viver em vez de sobreviver. Digo novamente, não somos dois, somos um.
Que um dia possamos entender e viver isso na prática, pois como já diria um velho ditado indígena: **"Um dia vamos aprender que dinheiro não se come."** Que viver sozinho não é vida e que para tudo é preciso ter dança, música, comunidade e união.

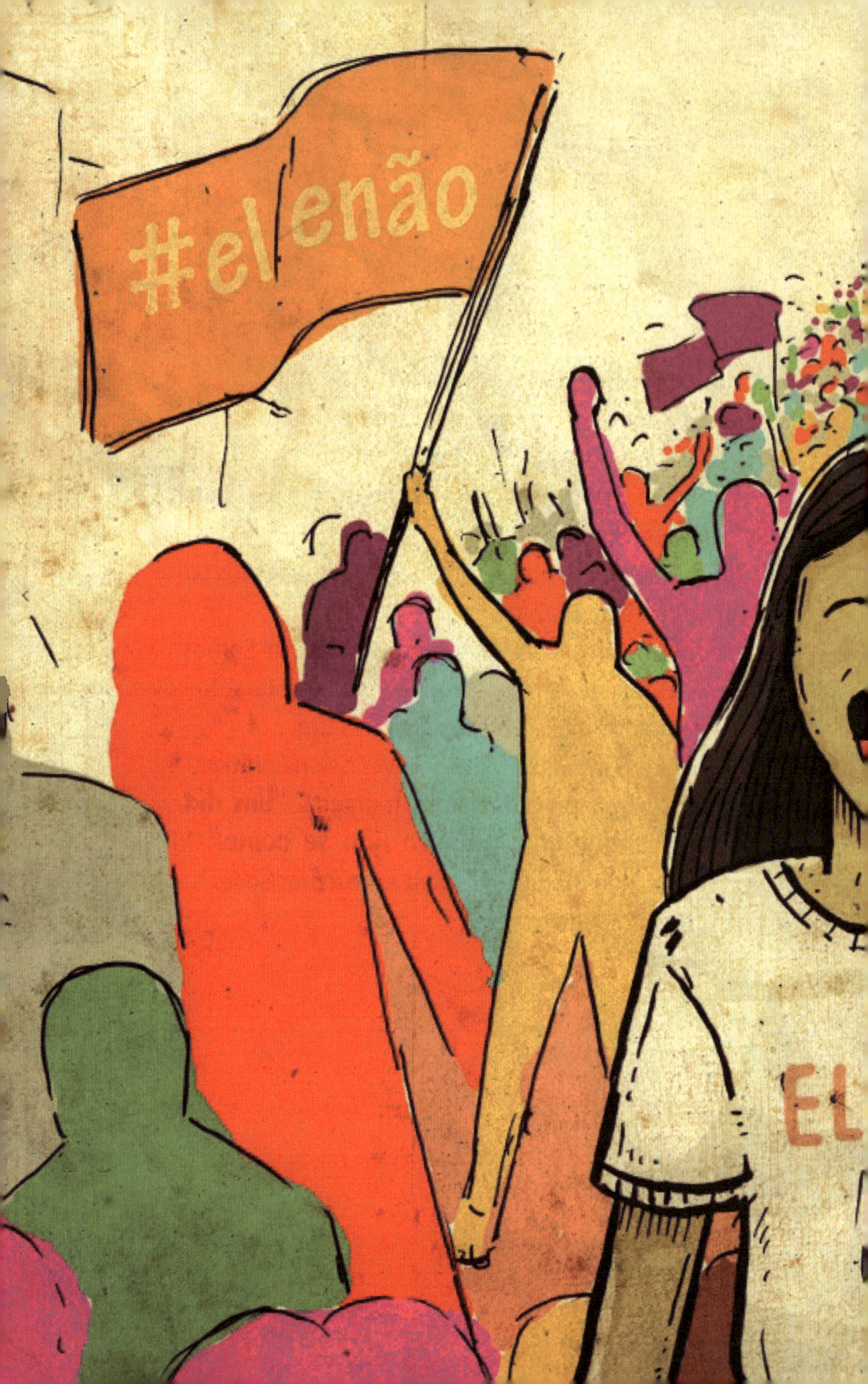
#elenão
EL

ÃO

No peito arde a dor da poesia não falada.

Da poesia bruta que não se lapida, pois bruta e voraz é a realidade que estamos à mercê de viver.

Que os deuses dos sonhos me ouçam subverter toda essa barbárie pré-vencida.

Que os deuses da justiça batam seus martelos enquanto ainda é tempo.

E que os deuses da utopia virem a realidade antes que seja tarde demais.

E que os deuses da compaixão e misericórdia façam virar realidade tudo que utópico for, para que a justiça, o amor, a alegria e a canção possam ressoar novamente em nossos corações e esperanças.

Não, eu não consigo dizer não aos pobres e oprimidos e meu sonho é que eles tenham um dia a mesma voz que os privilegiados têm (e nem sabem que têm, e se soubessem, será que dariam valor?)

A dor que mata um é a mesma dor que mata a todos nós.

Um assassinato foi cometido. Não em um, mas em todos nós. Todos nós fomos assassinados.

Junto com as nossas esperanças de um mundo melhor, justo e honesto. Hoje foi uma. E amanhã?

Repito, todos fomos brutalmente assassinados.

E o medo que assola o país é comemorado em taças de champagne em algum lugar distante da realidade de todos nós, pagas pelo preço de uma vida.

(Como se vida tivesse preço, mas esses infelizes ignorantes fazem ter)

Uma vida que lutava por todos nós.

Uma vida que representava a muitos dos quais eles querem matar.

Uma vida que teve a coragem de denunciar a violência e o horror que muitos viviam.

E esse mesmo horror, sem dó, matou, assassinou, estraçalhou junto com ela milhares de esperanças e anseios de um mundo melhor.

Mas nós não vamos nos calar.

A voz de uma será a voz de milhares.

A mensagem e denúncia de uma serão, agora, a denúncia de milhares. Fiquem atentos, irmãos e irmãs.

Precisamos nos unir, e lutar.

E ir contra tudo que desrespeita a vida, a liberdade, os direitos humanos e o direito a sonhar e viver, de ir a vir.

Direitos já esquecidos por muitos, de tão acostumados com a violência que vivem.

Não podemos nos calar.
Não podemos deixar o medo e a truculência virar rotina.
Não podemos deixar que essa vida passe em vão.
Talvez muitas outras venham.
Mas precisamos nos unir e lutar.
Antes que seja tarde, antes que não haja mais espaço para luta.
É isso que eles querem...
Mesmo com, e principalmente por, não deixemos de lutar.
Não deixemos ninguém calar a nossa voz.
Denuncie, lute, aja, ajude. Não deixe uma vida passar em vão, não deixe os gananciosos do poder tomarem o espaço que é nosso por direito. Eles não são donos de nada, e precisamos deixar isso claro. Não podemos deixar que eles levem mais vidas em suas ânsias de poder e ganância... vidas não podem – pelo amor de Deus, nunca!!!! –, ser precificadas...
Vá em paz, M.
Sua luta nunca foi e nunca será em vão.
Ela será continuada, com mais garra, com mais força, com mais resistência e luta.
(Marielle, presente!)

E eu peguei a minha coragem pelo braço
e fui cantar meus gritos e cantos pelo mundo.

Transformemos nossas lágrimas em luta
Há coisas que não podem ficar impunes
Há coisas que berram e escancaram na nossa cara alienada a realidade que estamos, alheios, vivendo.
Choremos. E transformemos cada lágrima em suor e luta.
Porque tem coisas que precisam ser mudadas.
E com tanto atraso, que nem juros calcula. **A hora é agora.**
Lutemos.
Nada pode ser em vão.

Reinvente-se, todos os dias, sempre que for necessário, sempre que a vontade bater, sempre quando a vida mostrar que do jeito que tá não dá pra continuar. Dessa vida só levo uma certeza: estamos aqui para nos transformar.

Não há atalhos ou escapatórias: para ser realmente quem somos **é preciso se transformar, se conhecer, se reinventar, custe o que custar, doa o que doer, por mais difícil que seja. Não percamos tempo...**

Em um mundo tão cheio de certezas
é primordial cultivar
o ato de duvidar.

Descobrir o caminho e o caminhar
é mais gratificante que o chegar lá

~

A inquietação faz parte da vida. É ela que nos move, que nos instiga, que nos faz ir além. De inquietude a inquietude, avançamos e seguimos.

Nós somos assim, inquietos por natureza. Há sempre algo a fazer, a descobrir, a aprender. Resignação não faz parte do nosso vocabulário.

É muito mundo esperando por aí. É muita gente esperando pra gente conhecer. É muita mudança pra fazer acontecer. De uma coisa eu sei: aqui, não viemos à toa.

Movamo-nos! Sempre! A vida é movimento.

~

A arte de rir de si mesmo
é boia salvadora em mar grande à deriva.
Agarre-se.

~

E eu de alguma forma sempre acho que vou enganar meu inconsciente. Mas ele é mais forte que qualquer consciência. Quando acho que já escapei daquele buraco, lá estou de novo, à beira dele. Como diria Jung: "Até você se tornar consciente, o inconsciente dirigirá sua vida e você o chamará de destino."

Não é risível
achar que a gente controla
completa e conscientemente
a nossa vida?
Freud e Jung certamente estão dando gargalhadas.

༄

A arte de rir de si mesmo nos livra
dos nossos maiores vilões:
**a culpa, a autocondenação
e a falta de aceitação de si**.

༄

Eu não quero fazer sentido
para os outros,
eu quero é fazer sentido
para mim.

༄

Só os encontros salvam

G.M.

Não passe pela vida das pessoas em vão.

A vida é preciosa demais para passar despercebida. A vida e os encontros são preciosos demais para serem comemorados em branco. É preciso preenchê-los e dar-lhes significado. É preciso causar mudança, reflexão e até revolução, por que não? É preciso deixar rastros de amor, carinho, cuidado e afeto por aí. Senão, de que vale?

Como diria um grande amigo meu: "Só os encontros salvam!" E eu completo: Eles são grandiosos demais para serem passados em branco.

Um salve aos encontros!

Não paralisar diante do medo
Não se apavorar diante da ansiedade
Não ceder diante da pressão
Não estacionar diante do trauma
Não dramatizar em frente do lamento
Não cair da corda bamba da dúvida
(E se cair, escolha uma corda mais firme)
(Às vezes, não era bem naquela corda que você tinha que andar mesmo)
Não paralisar diante do desespero.
Nunca, jamais.
Continue andando, mesmo sem ver um palmo à sua frente.
Às vezes, você é a luz que você não está vendo — e que você próprio está procurando.

(Quando me amei de verdade)

Pela primeira vez eu olhei no espelho e pensei: como eu sou incrível! Como qualquer um teria sorte em me ter como namorada, parceira, o que for.

Pela primeira vez eu não olhei os defeitos, eu não me culpei por nada, eu não me julguei boa o bastante. Pela primeira vez eu me achei perfeita com todos os meus defeitos.

Pela primeira vez eu me achei Eu. E não em busca de ser alguém que eu não sou... pela primeira vez eu estava feliz comigo, exatamente como sou e no lugar em que estou. Com minhas escolhas, ideologias, buscas, inquietações, preferências e até crenças.

Exatamente assim. *É uma liberdade muito grande poder ser quem se é.* Se permitir ser quem se é. Sem cobranças e julgamentos... (pelo menos na maior parte do tempo.)

Só ser! E se admirar e se amar muito por isso. Deus!

Acho que nunca me amei tanto. E como tudo nessa vida é um reflexo de uma forma ou de outra isso começa a refletir no mundo lá fora e esse amor floresce também!

Somos mesmo amor, como dizem por aí.

Até quando você vai ficar ESPERANDO essa chuva passar pra ir LÁ FORA e dançar?

APRENDER A DANÇAR NA CHUVA É UMA DAS MELHORES HABILIDADES POSSÍVEIS!

G.M.

(Gratidão e além)

E eu descobri que seria um crime limitar e prender essa vastidão de sentimentos que mal cabem dentro de mim em palavras. Há e sempre haverão coisas que eu nunca serei capaz de descrever em nenhum tipo de linguagem humana, sinto que essas coisas são tão imensas e indescritíveis que não há meios e possibilidades de um dia eu conseguir achar a palavra certa. E isso é satisfatório por si, como disse, seria um crime tentar realizar tal ato e tirar a grandiosidade destas coisas que eu sinto aqui dentro, e que mesmo dentro de mim ainda falta espaço, tais coisas não se limitam nem ao meu próprio corpo, imagina em palavras? Impossível! **Há coisas, e estas se incluem sem dúvida, que só podem ficar em silêncio, e só nele talvez ser compreendidas.**

Não é Deus que escreve em linha torta não.
É a gente que lê torto para não ter que ler o que está ali de verdade.

Acho que o que importa mesmo é você se sentir amado, se sentir à vontade para ser você, ser aceito como você é... pode se abrir com alguém sem reservas, sem filtros, sem ter que tomar cuidado com o que vai falar, sem medo do julgamento.

Todo projeto e/ou sonho é igual ao nascer de uma planta.

Tem o tempo de semear
Tem o tempo de cuidar dos nutrientes da terra
Tem o tempo de esperar brotar
Tem o tempo de esperar crescer
E tem o tempo de frutificar e florescer

Não pule etapas. Respeite o tempo de cada ciclo, a natureza é sábia e sabe o que faz.

(Depois de todo esforço, **saiba a hora de entregar e esperar, principalmente**)

Tá todo mundo meio estragado mesmo
– em algum ponto –
ou é só impressão minha?

O canto é meu grito de desespero.
De não caber mais em mim.
De bradar ao mundo quem sou, o que penso e o que sinto.
Tudo que em palavras não se transmite sai em forma de canto.
(e poesia)

Cada dia na vida da gente é um desvio do golpe que está por vir.
Cada dia é a chance de aprender, no amor ou na dor.
Você escolhe.

O que eu quero?
Só que a mensagem seja passada... que o bem seja feito, que vidas sejam elevadas.
Não me ofendam com maços de dinheiro sujos.
Não me ofendam com falsos sorrisos e falsos interesses.
Eu só quero que as pessoas sejam mais felizes. E que o mundo volte a fazer sentido de novo, que a natureza seja recuperada, que os valores humanos voltem a reinar.
É querer muito? É pedir demais?
Não me venham com outras.
Não me venham.

O nosso maior passatempo
é nos distrairmos
com nossas (des)ilusões.

Demora uma certa maturidade para entendermos a *profundidade das coisas simples.*

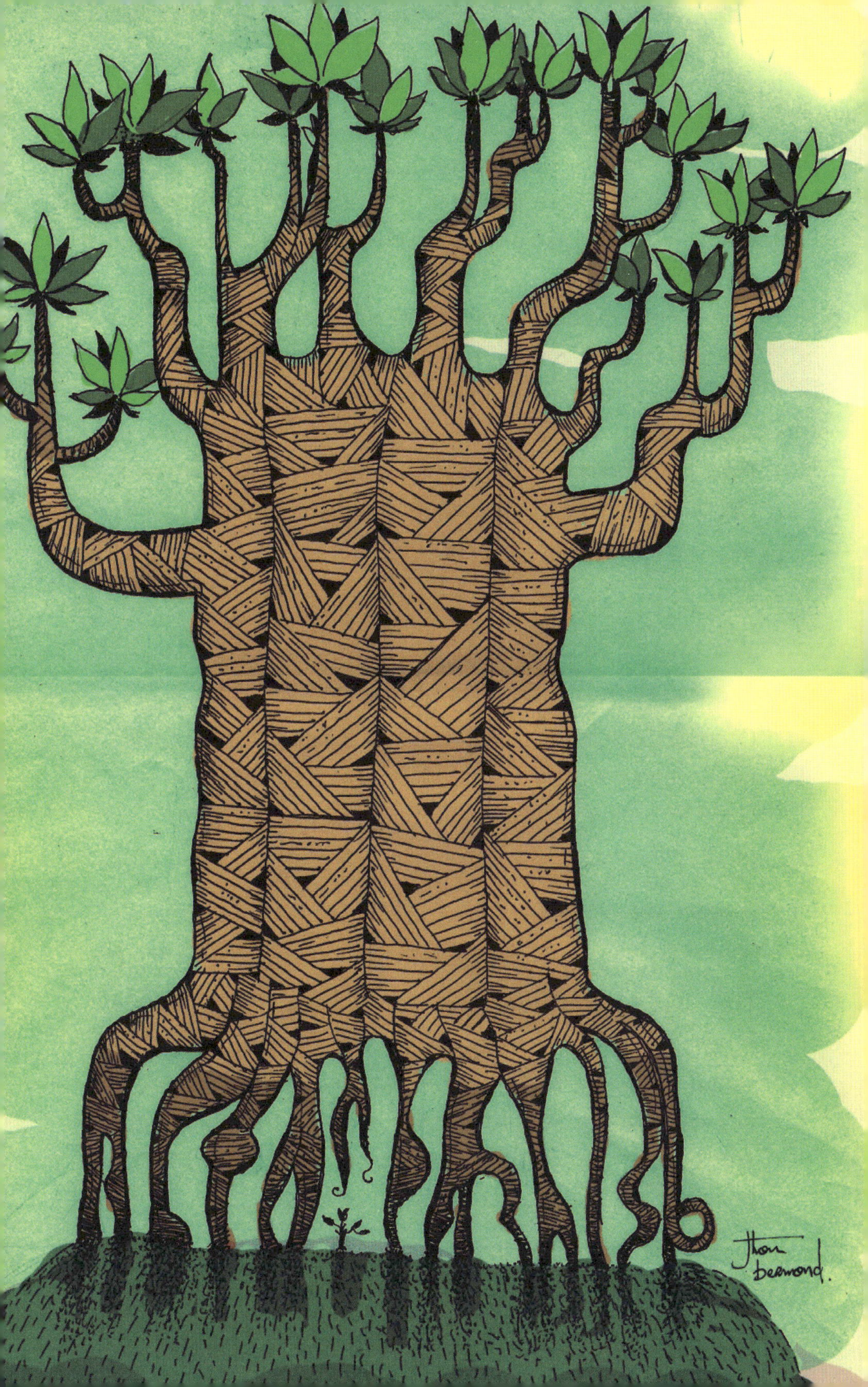

Eu, mais uma vez, repito.
Todo o conhecimento necessário está na natureza.
Observe uma árvore. A base forte, a raiz fincada, o tronco ereto, firme, que não enverga, com o objetivo final de oferecer suas flores e frutos.
Quem sabe não deveríamos fazer o mesmo?
Fincar bem as raízes, fortalecer nossas bases para poder mostrar e servir aos outros com o que temos de melhor?

Não interessa a estação do ano (ou o seu humor do dia). Sempre é época de plantar sementes.

A gente é mimado o tempo todo por Deus.
É a gente que não agradece mesmo.
O tempo todo ele está cuidando da gente como amorosos pais, que às vezes precisam mesmo ensinar aquela lição.
Que nem sempre é o que a gente quer, mas exatamente o que a gente precisa.

Eu? Sou perita em enfrentar medos. Já vejo ele lá de longe, e me tremo, e me aceito, e me preparo da luta.
Daqui, não passa. E se passar vai ficar perdidinho, procurando quem veio atacar. Porque nós somos ligeiros e nos preparamos antes... ou então somos salvos pelo bendito imprevisto, bênção e poesia de cada dia. Vai saber. Mas daqui? Não passa.

Nem tudo precisa ser tudo ou nada,
há um limiar de meios termos que
foge de nossas expectativas.

Não deixe que a sua AMARGURA amargue a doçura dos outros

G.M.

As feridas e cicatrizes te dão maturidade.
Só quem já sentiu dor e seguiu em frente
consegue compreender o momento de dor,
cura e renovação do outro.

Não acreditem que precisem sofrer
para ser feliz e ganhar dinheiro.
Não tenha medo de fazer o que lhes preenche a alma.
Eu lhes peço, por favor.

Meu lema é:
A arte transforma, o amor cura
e os encontros salvam! ♡

Não é louco que as coisas mais óbvias
são as que mais precisamos dizer e repetir?
Quando vamos começar realmente
a amar uns aos outros?

As coisas mais **COMPLEXAS** — que eu busco — são as mais **SIMPLES**

G.M.

Li outro dia um poema argentino do Paco Urondo, um militante assassinado na ditadura, que tinha a seguinte frase:

"São coisas simples, mas nem por isso menos eficazes."

E me tocou tanto. Como é comum quando bate aquele vazio, aquele buraqueiro dentro da gente, não darmos valor às coisas simples, e que são as mais necessárias.

Não deixe de estar com seus amigos, de fazer aquele jantar com a galera ou pessoa especial que você tanto fala, de reunir a família, de dar aquele apoio ao amigo que está precisando, de estar junto da gente. De estar junto.

Não deixem para depois.

É, Paco... concordo em número, gênero e grau. Ainda mais sendo a vida, principalmente a sua, tão fugaz.

São coisas simples, mas nem por isso menos eficazes.
(inspirado em "Instruções para esquivar o mau tempo")

Aprenda a se esquivar antes do golpe. Esteja atento. Saiba seus pontos fracos, saiba onde os inimigos (que estão dentro de você mesmo) costumam atacar.

E se prepare, porque eles vão aparecer.

Esteja atento, e mais do que isso, preparado, para não levar aquela rasteira e ficar no chão do lamento.

E se cair, levante. E já se prepare para o outro que pode vir.

Assim é a vida, um intervalo entre agir e esquivar. Esteja atento... E lute. Lute contra o que não te faz feliz.

Lute contra o que não deixa chegar aonde você quer chegar e ser quem você quem ser. Lembre-se: todos os inimigos são internos.

Esteja atento...
(Às vezes, é você mesmo que está dando o golpe, mas nem se esquivando está.)

Os ventos aí estão... quem vai decidir como reagir a eles é você. E não, por favor não seja tolo de querer lutar com essa força imensa.

Rume sua proa e suas velas para um lugar e uma direção segura e aguarde o vento certo lhe indicando o caminho para seguir viagem... e, assim sim, vá.

(Se afobe não que nada é pra já)
Que logo a vida renasce como aurora de verão.
Trazendo dias quentes.

Que logo a vida, do jeito que ela é, tão brutal e tão leve, tão eterna e tão fugaz, tão amarga quanto doce, floresce diante (dentro) dos seus olhos.

Na força dos ventos que tudo mudam
**eu sinto a força da vida anunciando
a sua efemeridade.
(Tudo muda, sempre, a todo tempo.)**

Por que que a gente vive a nossa vida baseada em suposições que sequer foram testadas para ver se são mesmo verdades?
Por que, meu Deus?

Acorde, ainda há tempo de sonhar.

Reconstrua sua vida, sonhe alto, ouça o que o fundo da sua alma sempre lhe está soprando ao ouvido. E vá viver. E vá ser. E feliz, será.

Não perca tempo.

Trilhe o caminho, dê o seu melhor.

Não é porque é gostoso que vai ser fácil. É exatamente superar as dificuldades que faz ficar gostoso o trilhar do caminho. Lembre-se disso.

E eu, logo de manhã, limpava as folhas secas da minha árvore como quem tirava os arbustos imprestáveis e sem função da minha vida.

Aqueles que só estavam sugando e ocupando espaço sabe? Tirei todos. Sem dó. É uma leveza que só o outono pode trazer... deixe ir... que o novo virá.

As folhas secas estão ali impedindo espaço para que o novo floresça, *querendo ou não, você precisa tirá-las se quiser crescer com força outra vez.*

Lembre-se:
Não se faz esforço em guerra ganhada.

Não queremos nunca desconstruir o castelo tão bonito de fantasia que construímos para nós.
Mas lembre-se: são apenas (falsos) castelos de areia.

Hoje acordei mais cedo que os demônios.
Saí, sorrateira, na ponta dos pés.
Não me ouviram, claro.
Peguei a felicidade e sai.

Hoje foi dia de glória,
vitória minha, ponto meu.

⸙

Não tenha medo de sentir. No fundo dos nossos maiores medos, podem se encontrar as nossas maiores vontades.

⸙

Se ame, por inteiro, não deixe nada de fora. Cada pedacinho seu é morada sagrada (de Deus), do que há melhor dentro de si, do seu espírito, da natureza. Ame, cada pedacinho, não deixe (mesmo) nada de fora.
Se ame por inteiro. Sempre.

⸙

Cuidado, a ilusão e a carência nos fazem ver exatamente o que a gente quer.
E quase nunca corresponde à realidade.

⸙

Se as pessoas soubessem
o poder curador de uma canção,
elas cantariam mais, ou ouviriam mais.

⸙

Canta(ador).

Não é à toa. O português tem uma das melhores fazências de sentido que eu já vi.

Cantando a dor se cura.

Cura (ador)

Escreva, bote pra fora, tire essa mágoa trancada destroçada dentro de ti.
Deixe no papel as lágrimas, a dor, o desamor, a raiva e o ódio.
Deixe no papel tudo que nele ficará.

E siga em frente, sem dor, sem desamor. De peito limpo e coração aberto (ou pelo menos em recuperação).

Escrever, é em si, quase um ritual de limpeza e descarrego.

A GENTE *literalmente* só entende... A DOR DO OUTRO quando passa por ela

G. M.

Tanta coisa aconteceu, tantos caminhos se passaram, tantos furacões me devastaram, tantos amores e desamores vivi, tantas emoções emocionei, tanta alegria, tanto lamento, tanta desgraça e, ainda assim, continuo aqui, de pé.

Caminhando...

Acredite, se você lida bem com os próprios defeitos, você vai lidar bem com os defeitos do outro.
Aceitação é tudo nessa vida.

E teve um dia que eu chorei com a minha insensibilidade.
Precisamos sentir, minha gente.

E com a cabeça (e o coração) cheia de sonhos, eu fui dormir...
Vai que vira realidade?

E no meio dessa loucura de rotina toda,
quando é que sobra tempo para viver?
Me diz? *Quando?*

Somos artistas e atores de nossa própria vida.
Nos equilibrando sempre na corda bamba e lutando para fazer bonito, mesmo podendo cair a qualquer momento.
Mas sabe... **não é tão difícil assim cair no chão e subir na corda de novo.
(faça-o quantas vezes forem necessárias).**

∽

A gente tem é que parar de ver quem tem mais poder e ver quem é que tem o poder de amar.

∽

A gente luta, e faz amor e revolução.
Lutando.

∽

Amor também é forma de luta.
A mais poderosa, ouvi dizer.

∽

Tem gente que nasceu asa e tem gente que nasceu raiz. Ambas estão certas. Ambas são necessárias.

Uma perambulando por aí de flor em flor – ou de porto em porto – e outras exibem seus frutos orgulhosamente extraídos da seiva de suas mais profundas raízes.

Precisamos das duas. Às vezes, dentro da gente, temos momentos asa e momentos raízes. **Temos momentos que precisamos sair por aí sem rumo e momentos que precisamos baixar a** âncora. A dificuldade e a grande sabedoria estão em saber respeitar esses momentos e essas pessoas. Pois tudo faz parte e tudo é necessário, no seu devido tempo. **Não perca seu tempo forçando o outro a ter raiz quando o que ele mais precisa é sair borboleteando por aí.** Não force o outro a sair voando por aí sem eira nem beira quando o que ele mais precisa é aterrar e se aprofundar em si.

Todos geram seus frutos, cada um à sua forma. E é assim que a gente se complementa. Além de necessários para a vida, somos, além e antes de tudo, complementares.

Mas respeitem, antes de tudo, **que tem gente passarinho e gente árvore**. E está tudo bem.

Onde o passarinho iria pousar se não tivesse a árvore ali paradinha fazendo seu trabalho? Que informação, doação e troca o passarinho iria fazer? É a árvore? Para quem iria dar a oportunidade de apreciar seus belos frutos e flores? De extrair seu mais sagrado néctar?

Por isso agradeçamos: **tem gente passarinho e gente árvore.**

Nós somos uma mistura entre o que a vida fez de nós e o que nós fizemos com a vida.

Eu posso sonhar alto, *ir às nuvens*,
mas só porque tenho os dois pés bem fincados na terra.

A parte mais bonita de mim quase ninguém vê porque não fica à mostra na vitrine das falsas aparências e julgamentos. **A minha resistência é a parte mais forte e, por isso, brilhosa de mim. Ela queima e enfrenta tudo o que for para ser feliz e lutar pelo bem e pelo que acredita.** E isso poucos veem, porque as coisas bonitas e sagradas ficam guardadas e veladas para serem protegidas e reveladas só aos afortunados que merecem e aos sábios que a notam.

Sabe, a natureza não erra. Todos têm mesmo uma função. Não se preocupe se você não achou ainda, procurar – e buscar – faz mesmo parte do caminho. Na hora certa o universo, o tempo divino, seu mais divino ser, como você queria chamar, te mostra e aponta o caminho certo. **Mas é no tempo deles e não no nosso. Até lá, seja paciente e não perca NENHUMA oportunidade de aprendizado.**

E relaxe, o universo inteiro está cuidando de você para que você chegue aonde tem que chegar, na hora certa, no momento exato. Só faça a sua parte, esteja atento, e buscando, sem parar. Até achar, *até chegar no começo de sua verdadeira jornada.*

Que a **força possa ser doce**
e que a **inocência possa ser segura**.

~~~

De alguma forma a poesia ajuda você mesmo a se entender e a se traduzir em palavras o que antes parecia indizível, dando assim forma e definição a quem você é de verdade, só não sabia dizer como.

~~~

Só os que tiverem que se reconstruir sabem o tamanho de sua força.

~~~

Velhos sonhos ainda podem ser resgatados.
Não perca tempo.
(Ainda há tempo)

~~~

Ainda há **vida pulsando** lá fora.

~~~

Repare muito bem no que você não diz.
Repare nas suas ações tentando te dizer algo que o dia a dia – ou alguém – não deixa.

Repare nos atos inconscientes te levando a repetir sempre o mesmo erro ou cair sempre no mesmo padrão. Repare.
O que a gente fala... meu bem, disso não passa. **Afinal... somos mestres na arte de enganar a nós mesmos.**
Agora, os atos e as ações são a verdade por si. O corpo e a realidade não mentem.
Como já diria Clarice Lispector: "O que você diz é apenas o que você diz."

É de sal, pimenta, vontade, entusiasmo, ousadia e tesão que esse mundo precisa.

Chega de mais ou menos.

Chega de qualquer coisa serve. Vivamos a vida com intensidade! Por completo!

Eu sou assim mesmo, meio 8 ou 80. Ou estou feliz e trato todos com tanto amor e gentileza até a pessoa ficar vermelha ou estou com raiva e não quero nem saber. Yin Yang, sabe como é.

Não dá pra ter um lado sem ter o outro. **E eu prefiro viver assim nos extremos do que na calmaria morna e sem graça do meio, que nada faz brilhar o olho e que nada enfurece.** Eu gosto de intensidade e, mais do que isso, sinceridade absoluta, ser o que se é, sentir o que se sente, sem filtro e máscara. Ser visceral e verdadeiro. Há quem ame e quem odeie, não há como agradar a todos e ainda agradar a si. E os que amam é por exatamente você ser quem você é, sem tirar nem pôr, nem máscaras, nem bens, nem filtros. Seja você e doa a quem doer... porque os verdadeiros sempre ficam.

É tão triste ver pessoas brigando com elas mesmas
achando que estão brigando com você.

No fundo, no fundo, nós estamos *sempre* indo atrás de amor.

A vida é uma (eterna) construção.

A gente medita pra poder viver. E não pra fugir da vida.
É preciso encará-la, frente a frente.

Desafio por desafio, lição por lição. E a meditação ajuda nisso. Te dá equilíbrio, força interior, paz. E aí sim você vai à luta. Com equanimidade, com fé no coração.

Meditar esperando milagres ou que as coisas caiam do céu sem o mínimo esforço é no mínimo ingenuidade ou preguiça. **(Deus faz a parte dele e você faz a sua (mas a mágica acontece quando Deus começa a fazer a parte dele através de você))**

Medite. Se equilibre. E aja. Sem parar, como se nada pudesse te tirar do eixo, do foco e do caminho.

Força, fé e luz. E aja. Sempre.

Tô nem aí para o que pensam. **Eu gosto do que é verdadeiro.** Mesmo sendo **feio, triste, louco,** eu prefiro. Mil vezes do que uma mentira bonita e mal contada.

Reticências são perigosas. Afinal, quando se faz uso, não se sabe o que vai acontecer... é um futuro incerto trazendo a angústia do não saber. Elas, ao mesmo tempo que me anseiam, me deliciam. Não saber é, às vezes, poder dar asas à imaginação e ficar na torcida para não ser mais uma vez... ilusão.

E desta vez:
Leve só o que for leve. (por favor)

Gentileza é de graça e devia mais que obrigação espalhá-la por aí... só pela alegria de espalhar, só pela festividade de ser gentil. **É nosso dever, mais que nossa missão, lembrarmos uns aos outros que a gentileza resolve boa parte dos conflitos e traz alegria para todos.** Cultivemos com carinho cada gesto de gentileza, e se ao acaso receber, lhes digo... retribua em dobro (para o ciclo nunca parar e a gentileza nunca ter fim).

Não tem nada mais leve que a pureza e a inocência.
Cultivar a pureza e a inocência é garantia de paz.
E quem está em verdadeira paz é o verdadeiro sábio.

Liberdade, a filha do vento. Aquilo bateu fundo em mim. Como se me definisse, me dissesse em poucas palavras partes da minha identidade. Além, claro, da minha maior substância, busca, desejo e fonte de inspiração.
Os ventos me guiam e me levam. E a liberdade conduz.

Mesmo quando não der, cantemos. Mesmo quando o patrão-escravidão estiver de olho, cantemos. Sejamos o pinguinho de resistência que não deságua jamais.
Sejamos aquele raminho verde de esperança no meio de tanto concreto. Lutando contra rigidez, resistindo, sem parar, forte e feroz, sabendo que está cumprindo sua missão em direção ao sol. Bobos são eles que não sabem como é buscar o seu lugar ao sol e celebrar em comunidade.
Bobos são eles. Cantemos nós.

A gente vive uma escravidão velada. E ninguém vê.
Essa jornada diária é cruel e desumana. É sim, senhor, não, senhor.
E ai se discutir.
Não há humanidade no trabalho comum.

A escravidão resiste firme e forte nos novos senhores de engenho engravatados.

E que corte mais 30 minutos de almoço do funcionário, ninguém vê mesmo.

E quando verão?

E quantos Josés, Joãos e Marias tiveram (e têm que) que se escravizar por um saco de arroz e talvez, com sorte, feijão?

A escravidão persiste, ela só mudou a máscara. E continua legalizada. A lei dos homens escraviza. E governa para seus donos engravatados, senhores de senzala, e agora de gente.

Nunca vai ser humano trabalhar oito horas ou muito mais por dia para poder somente sobreviver. Não há liberdade.

A escravidão nunca foi embora, só mudou de forma.

A moeda de troca é outra, mas ela está aí, velada nas jornadas infelizes de trabalhos que a quase totalidade da população é obrigada a se submeter. E para somente 1% dessa grande elite que domina o país e o mundo. A escravidão é e sempre foi legalizada, não se enganem. Enquanto não houver humanidade no trabalho, haverá escravidão. **Enquanto dinheiro for mais importante que gente, haverá escravidão.**

Aqui (como na maioria dos lugares) tem um ar de engenho disfarçado de bom moço. Assim, como se ninguém percebesse a diferença de classe e tratamento entre a parte alta e baixa da hierarquia. *Aqui tem cheiro de engenho disfarçado de flores.* Tão bonitas como aquelas de plásticos do mercado. Não cheiram bem. Aqui, a compreensão e democracia são amplamente faladas e praticadas de forma negada. É sim, sinhô e não, sinhô, e ai de quem responder. No dia que o senhor de engenho está bravo então, não pense nem em a boca abrir. **Como boa sinhá, abaixe a cabeça, peça desculpa e diga tudo bem. Mesmo com crimes fedendo por debaixo do tapete. E ai de quem sentir o cheiro. O senhor de engenho não deixa não.** E faz questão de colocar loções caras por cima em forma de expor a moda moderna para ninguém sentir. E fingir que tudo está na mais perfeita harmonia, *aquela costumeira falsa enganação de sempre*. Mas aqui é sim, sinhô e não, sinhô, e tome cuidado com o que vai falar, senão a lembrança da chibata vem à tona num piscar de olhos. *E dói*. Aqui, meninos criminosos são acobertados pelos crimes com a sinhá, foi nada não. *Afinal, aqui não existe lei.* **Somente a do senhor de engenho.** E ai de quem discordar. *Como uma boa e nova moderna, filosófica, especial e incrível querer ser diferente, terminamos na mesma senzala.* Por fora, tudo lindo. Por dentro, tampe o nariz. Ou finja que não sente e aja como se nada estivesse acontecendo (mesmo se for um crime – ou dois – é o que todos parecem fazer por aqui).

Poeta é aquele que fala o que ninguém tem coragem de colocar para fora. O que ninguém quer enxergar, o que muitos ignoram por doer demais.
A gente escancara realidades. Sentimentos. Ocultos.
Dentro de nós.
De mim e de você.
O poeta tem essa missão, de tocar lá no fundo da gente

e de ser o grito de uma sociedade que se cala, que não quer encarar suas próprias mazelas e, também, bonitezas.
O poeta vê e fala. Porque tem que falar.
Não há outro jeito... senão, não faz sentido. A gente simplesmente é assim e veio pra isso.
Poeta é gente pra falar o que muitos não têm coragem de ouvir. E falar, sempre.
E calar? Jamais!

Poesia é um troço perigoso, rapá!
Não há a menor das garantias de como você vai sair depois de ler.
Imagina só se aquelas letrinhas no papel mudam
toda sua forma de ver o mundo? Imagina só?
É, rapaz... esse lance de poesia não é mole não.

Amor é a minha religião
Música é minha forma de oração
Dançar é o meu maior ritual
Natureza é, dentre todos, o meu maior e único templo.

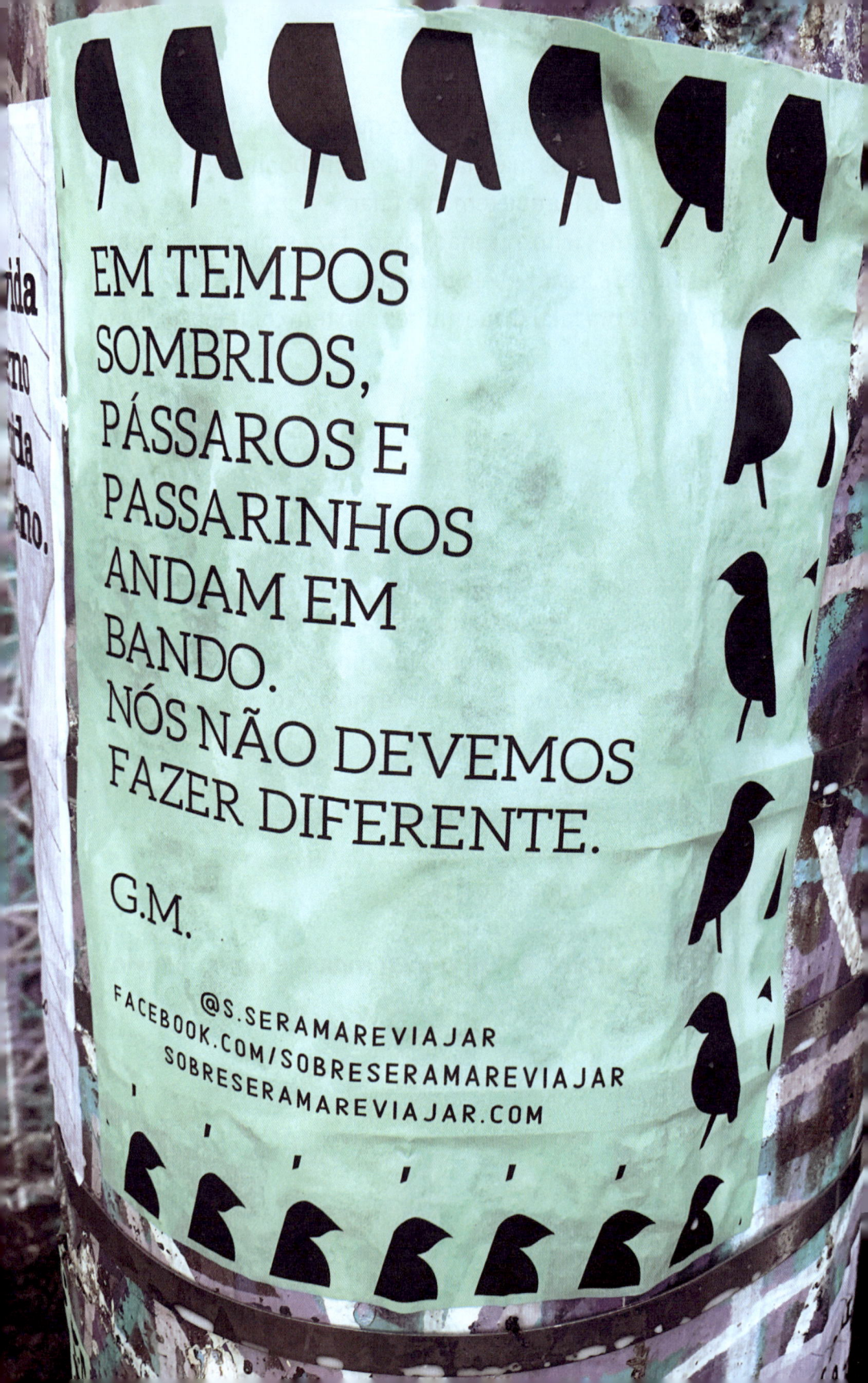

EM TEMPOS SOMBRIOS, PÁSSAROS E PASSARINHOS ANDAM EM BANDO.
NÓS NÃO DEVEMOS FAZER DIFERENTE.

G.M.

@S.SERAMAREVIAJAR
FACEBOOK.COM/SOBRESERAMAREVIAJAR
SOBRESERAMAREVIAJAR.COM

A paz e a realização de encontrar com você mesma não tem explicação e nem coisa melhor... vá atrás de si, busque a si mesmo, sempre. É o encontro mais bonito que você vai ter em vida! De encontrar a si mesmo, ao seu espírito, a sua mais pura e sincera versão por aí. Te garanto :)

Não se culpe, nem se desespere. Às vezes, só é cedo demais para saber exatamente o que você veio fazer a esse mundo...
Confie, viva, se conheça, se divirta, siga seu coração e naturalmente virá.

Sou dada a excessos. Prefiro mil vezes errar pela sobra do que pela falta. Na arte de viver aprendi que os limites estão muito mais na nossa cabeça do que na realidade e que podemos ir muito além do que achamos que somos. Aprendi a ser mais eu, a me conhecer mais, a me livrar de hábitos que só me prejudicavam, a me conectar com as pessoas, a pensar no todo e em mim como parte desse todo, a me doar, a pertencer, a mergulhar no desconhecido sem bilhete de volta ou porto seguro e confiar. Confiar que o que tiver que ser vai ser e que isso não é desculpa para você não fazer nada e não dar o seu sangue pelo que você quer. Confiar que o que está acontecendo agora é exatamente o que você precisa, seja o quão doloroso ou desagradável isso possa parecer. Que somos mais que nossos pensamentos e que temos a força necessária para mover montanhas se assim decidirmos fazê-lo. **Que somos muito maiores que nossos medos.** Que quando você reclama demais está fazendo de menos. **Que faz parte a vida ficar triste de vez em quando.** Que tem muito mais gente legal no mundo e que fazem coisas incríveis pelos outros do que a gente pensa. E que dançar, cantar e meditar ajudam à beça a colocar a gente no eixo. **A valorizar os pequenos gestos, as intenções, a entender o que aquela pessoa está realmente querendo te dizer, mesmo quando as palavras dela dizem o contrário.** Entender que um abraço pode resolver mais que mil palavras. **E que ser você mesmo é sempre a melhor opção.**

Se levante. E comece tudo outra vez se preciso for. E lute. **Todo dia, cada dia. Lute, sempre.**

É NO FUNDO DOS nossos MAIORES medos que se encontram nossas MAIORES CORAGENS

G.M.

E o que seriam das glórias sem as lutas, sem as batalhas e demandas diárias para vencer?
Vazias e superficiais. **Que as lutas que estão por vir nos fortaleçam e nos façam reconhecer o melhor que há em nós.**

Cada dia é um prenúncio do que será amanhã. Cada dia é uma nova oportunidade para fazer diferente, cada dia se abrem infinitos caminhos e possibilidades à sua frente. Veja bem. **Eles estão ali, você só talvez esteja distraído (ou destruído) com outra coisa...**

A luta de cada dia de ser o amor triunfante sobre qualquer outro mal. **A luta de cada dia de entender que nossas batalhas serão de mãos dadas e sem armas. Que nossa maior arma é o amor.** Que o amor vai desarmar o mundo e acordar em cada um de nós. Que o amor vai vencer a guerra. Que o amor somos nós. Que o amor vai triunfante destruir tudo que não lhe cabe mais... porque o amor arrebata. E não deixa espaço para mais nada que não seja amor. **Que sejamos amor.** E nada mais.

Tire fora essa máscara, menina. **Deixe sua dor sair.**
Deixe cair esse orgulho arrogante que tanto te defende do que você tanto quer. Jogue fora essa (falsa) independência que só te traz solidão.

Pare com isso de querer provar tudo ao outros, mesmo que seja de que de nada você precisa.
Não deixe que a máscara cole até você se esquecer quem você verdadeiramente é. Do que você verdadeiramente veio fazer aqui. Do que realmente te preenche, te realiza e te faz feliz. Aprenda a confiar nos outros, aprenda a entender que você tem necessidades e carências, e que os outros podem te ajudar a preencher. **Sozinhos, não somos ninguém.**

E depois de muito tempo, **eu pude olhar as estrelas**
e sonhar novamente.

Quanto tempo mais eu ia perder
tentando entender tudo
em vez de simplesmente viver?

Eu lido muito bem com os sins e nãos.
Mas sabe o que me mata? Os quases.

E acima de tudo que nos reste sempre – e pelo menos o humor.
**(A arte de rir de si mesmo devia
ser matéria estudada)**

E sobre fins, são apenas farsantes de um novo **INÍCIO** por mais diferente que seja. Não há ponto final sem novos começos

G.M.

No fundo, mas no fundo mesmo,
o que mais queremos é amor.
(Pode parecer simples, mas estas são as coisas mais difíceis de entender)

Querer eternizar o momento é o problema, sabe? Só vive. Só aproveita. Mas não queira fixar; viver aquilo de novo ou pra sempre. *O rio da vida precisa fluir, nunca represar.* O rio pode até passar por aquele momento de novo, mas, ainda assim, vai ser diferente. Talvez parecido, talvez tão bom quanto, e talvez melhor! Por isso, deixa o rio fluir... deixa a vida correr... sejamos água! Que nunca represa e sempre se adapta ou supera os obstáculos para continuar fluindo. **A água sabe que tem que fluir... e assim devíamos também poder saber.**

A música é feita de silêncios, a dança é feita de pausas e da mesma forma, a vida é feita de recomeços...
(continue sempre após as pausas, caídas e recaídas, **acredite...** *faz mesmo parte*)

Eu posso definitivamente gostar de passar momentos sozinha, mas é no meio da gente que eu me realizo. Eu preciso de pessoas. De estar em bando, grupo, multidão. E falar, apresentar, trocar ideias. Um mundo sem diálogo não faz sentido pra mim. **É falando, ajudando e compartilhando que eu me realizo e me curo de qualquer mal.**

Não importa o que aconteça. O que é verdade **sempre** vai ressoar mais forte dentro de você.

Que dó que dá ao tirar as purpurinas na quarta-feira de cinzas... afinal, *gente* é mesmo feita pra brilhar.

Quantos escritos não geram um amor não correspondido... o que teria eu pra escrever se tudo sempre fosse da forma que eu quisesse? **O que seriam das livrarias se todos os amores fossem como nos contos de fadas?** O que seriam dos sambas se tudo sempre fosse correspondido? Do que seriam as artes se só existissem perfeição e clareza? **É preciso um pouco de dor e mistério para certas coisas se revelarem e saírem de dentro de todos nós em forma de arte, seja lá qual for a sua.**

São os encontros que mudam nosso destino

G.M.

Eu tenho (quase) minhas certezas de que os maiores artistas foram os que mais conseguiram transformar sua dor em arte. Arrisco até a dizer que sofreram e/ou sentiram mais do que a maioria para que tudo isso precisasse sair e se transformar em arte. Era tanta coisa emergindo que urgia dentro de cada um que precisava se transmutar em poesia.
(A dor e o amor são as formas mais brutas de arte.)

Sabe o que eu vejo na maioria dos copos cheios — em mesa de bar ou não? **Grandes vazios**.

E quando tudo for amor, e só amor, *nada mais faltará*.

A verdadeira riqueza é poder compartilhar.
A si, o saber, o querer, o amar, o ser, o sorrir, o abraçar, o clarificar, o iluminar, o em paz ficar.
(E nada aqui falado se mede e nunca se medirá em notas de papel)

Deus, me permita que eu seja só tambor na calada da noite!
Que meu tambor seja o grito do trovão que espanta os males.
Que meu tambor traga a alegria que às vezes parece fazer saudade.
Que meu tambor traga a brincadeira de volta à vida.
Que meu tambor seja a luta de cada dia.
Que meu tambor transforme suor em felicidade.
Que meu tambor transborde de mim o que não pode ser descrito.
Que meu tambor não se cale, jamais.
Pra espantar meus demônios
Pra gritar o que não se cala
Pra cantar e agradecer
Pra lutar pelo que precisa de luta
Pra falar o que não pode ser falado
Pra viver o que não pode ser transmitido. Pra sentir o que não se sente
Pra gritar, pra sentir, pra ser.

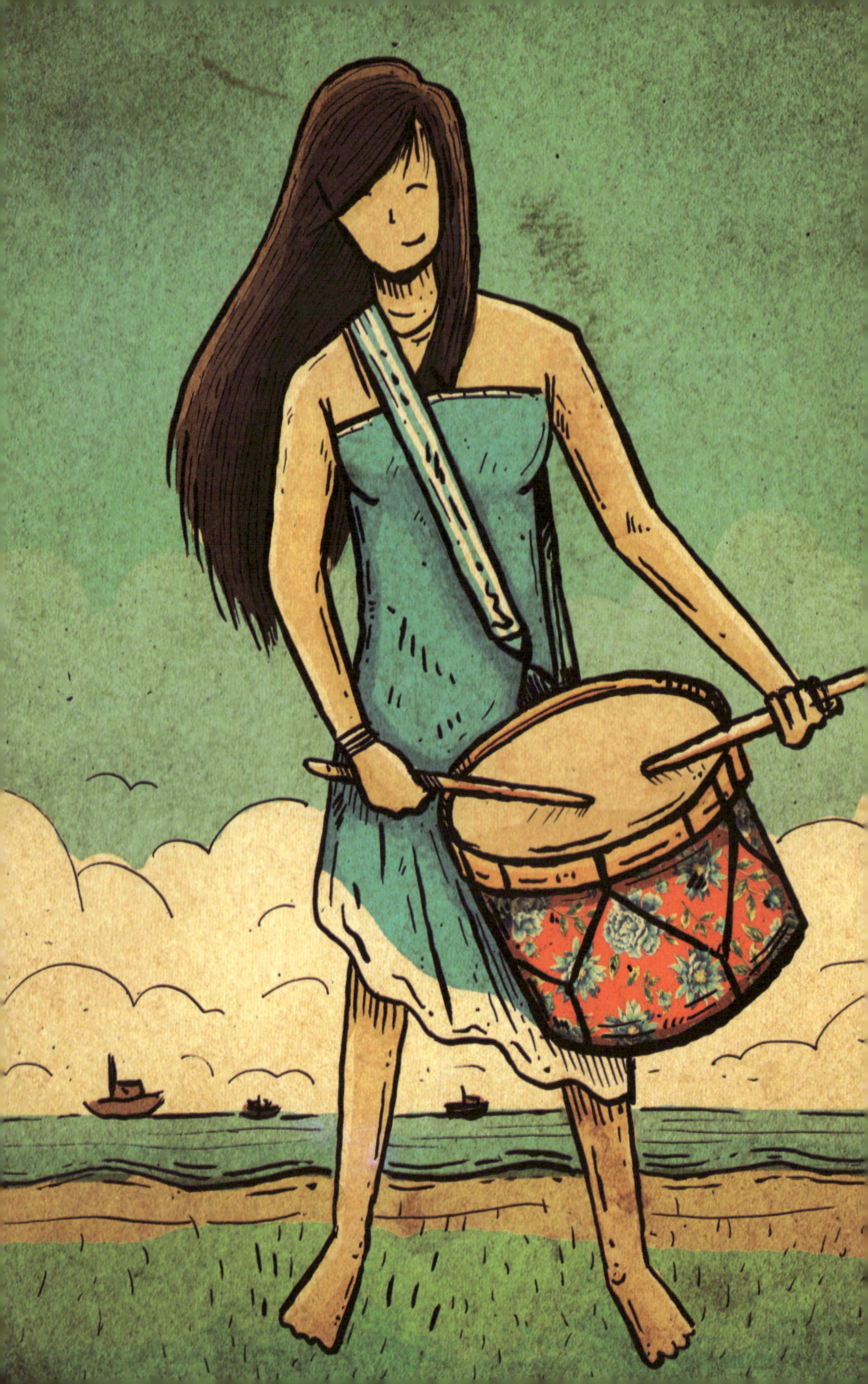

Esse é um mundo cruel.

Com duras e difíceis lições e realidades. Mas eu não culpo ninguém... Eu culpo a falta de amor.

Ela, sim, é a única e verdadeira causa de tudo que vemos e não vemos por aí. Ela deixa as crianças morrerem de fome na África, ela deixa os índios sem suas terras sagradas, ela deixa uma floresta virar deserto, ela deixa filhos abandonados ao relento nas ruas, ela deixa a vida das pessoas serem desvalorizadas a tal ponto de perderem seu sentido.

Ela, sim, a única culpada. *Amemos, então, até onde não der mais. Sejamos amor. Vibremos amor. Façamos com que o amor volte a ser o único rei, o único comandante, a única e verdadeira Lei.*

E aí, todas as guerras perderão seu sentido, todas as

brigas se perdoarão, toda a ganância se perderá, toda a ambição ficará sozinha e louca. Pois destes, dentre outros males, derivam da falta de amor

Lembremo-nos: somos amor.

E se encontrar alguém esquecido no meio da rua... relembre-o: com um sorriso, uma flor, um abraço, um aconchego, o que for. *Relembre-o: somos amor. E nada mais.*

Que a essência nunca se perca. Ela é nosso guia e está dentro de nós. Não é absurdo que seja mais fácil e comum a gente se perder dentro da gente mesmo do que lá fora?

Na imensidão vazia das incertezas, no vale sombrio do desconhecido, no maldito terreno da dúvida, do

quase e do talvez. Na insegurança infiel que trai sem dó os nossos maiores sonhos. Não deixemos, pois. Avante. O caminho está dentro.

―※―

Começar o ano com algo velho não vale. É como roubar o jogo. Deixe o velho onde está.
Acredite, tem mesmo um motivo para ele ter ficado lá atrás.
Deixa pra lá, menina, tem coisa melhor te esperando por aí:)

―※―

Que deixemos tudo que não nos sirva mais no ano que passou e que possamos abrir as portas e janelas para o novo chegar, abra espaço, **a hora chegou**.

―※―

Amigos suavizam a vida, não deixam que as coisas pesem tanto como podem pesar, que as mágoas durem tanto quanto podem durar, que a tristeza perdure por mais tempo que o devido. Amigos são nossa família escolhida a dedo. Por afinidade, conexão, amor, o que seja. Há algo além que une os laços sinceros de amizade e que formam essa rede de apoio e amor que precisamos tantas vezes e da qual nos faz ser quem nós somos. *Afinal, é de encontros que é feita a vida*. E deles, não saímos sem nada transformar. Somos todos conectados, mesmo longe. Porque não há distância real para as verdadeiras conexões.

―※―

Poesia, dança, música e risos, muitos risos são essenciais à vida. E o amor, a nossa base. Sem amor, nada somos.

Não, eu não me canso de dizer. Sem amor, nada somos.

Sem esse mistério que nos conecta com as pessoas e o mundo, nada somos.

Sem essa rede que nos faz sentir conectados e plenos, nada somos. Nós somos esse amor. E sempre seremos.

※

Tem algo dentro de nós que nos chama de volta à nossa essência... Tem algo dentro de nós que chama por uma noite na floresta, por uma fogueira com céu estrelado, com músicas e tambores ao luar. Com o canto dos passarinhos a nos comunicar a nova manhã que chega, com suas revoadas trazendo verão.

Nossa ancestralidade está no sangue, faz parte de quem somos.

Essa vida caótica de cidade urbana não respeita – e nem vive – os ciclos naturais. Não olhamos o sol, não sabemos da lua, que dirá dos outros planetas. **Que dirá das marés e ventos, das florestas e suas colheitas, das ervas e seus mistérios, da natureza e seus encantos.**

Quando e como foi que perdemos esta conexão?

Está na hora de entender que a evolução caminha de encontro a essa ancestralidade, mas vivida de forma plena e consciente. Porque às vezes andar pra "trás" é na verdade... andar pra frente (graças a Deus!)

※

Eu descobri que para cantar tem que estar com o coração aberto.

Ou então deixar ele cantar o que não pode expressar de outra forma.

É literalmente cantar com o coração, liberando as mágoas, ou comemorando as alegrias e vitórias e se expressar.

Ou canta com o peito aberto, ou deixa o canto abrir o peito.

Porque de coração fechado a gente não pode ficar. Jamais.

Não desista. Às vezes, precisamos mesmo bater em muitas portas erradas para achar a certa (e chegar lá com toda bagagem e experiência adquiridas na jornada). Sabe aquele ditado que Deus escreve certo por linhas tortas? **Confie.**

Acho que a gente está aqui para dizermos uns aos outros o quão lindos e maravilhosos somos. Sabe? Tem gente que anda meio esquecida por aí. E temos que lembrar gente, temos que lembrar. **Afinal, gente foi mesmo feita pra brilhar e espalhar luz por aí.**

Quem tem a luz tem a obrigação de acender vela.

Seguimos, iluminando, por aí, a escuridão que nos ronda e os pavios à espera de luz.

Deus sempre sabe o caminho certo pra você.
Só falta (mesmo) você aprender a escutar.

E a gente vive de quê? De sonhos.
Quer dizer, de esperanças (perdidas).

Cada dia dói a dor da gente. Cada dia dói tudo que não resolvemos... cada dia é uma batalha nessa vida de evolução. Cada dia é um degrau de aprendizado que estar por vir... fique atento para não tropeçar, fique atento para aprender a lição e não ter que tropeçar lá na frente. **A vida não erra e a evolução não dá saltos.** Lição aprendida (e só assim), próximo degrau.

Às vezes, se desarmar em lágrimas é a maior demonstração de força que se pode ter.

Sonho com universidades que nos preparem para as belezas e para as destrezas da vida.

Com provas – estas sim, importantíssimas – de:

Como lidar com um grande amor? Como sair de uma grande dor? O que fazer quando a paixão arrebata?

Como faço para compreender e perdoar alguém que não me ajudou? Como faço para ser feliz?

Estas e muitas outras deveriam estar presentes como prioridade na nossa formação. **Nunca vi equação de química resolver problemas profundos de ninguém**. Nunca vi conta de matemática que o fizesse superar a dor de um coração partido.

Sonho com uma universidade que forme seres humanos genuínos e autênticos. Ser Humano é entender, compreender e contribuir com os que estão ao seu alcance.

Sonho com uma universidade que ensine como ajudar, como compartilhar, como (realmente) ser útil a esse mundo. Que ensine a nos indagar o que podemos fazer pelos problemas mundiais em vez de competir com o colega por uma vaga para ser infeliz das 8h às 18h.

Sonho com universidades que ofereçam diplomas de acordo com o nível de felicidade, de alegria e de entusiasmo de cada um.

Com universidades que ensinem que o perdão é melhor que qualquer briga e que o amor deve ser nosso principal motivo e caminho.

E que ensine que a raiva por si só não leva a lugar nenhum e que a força com fé não tem limites se bem aplicada na ação e pensamento. Além de nos fazer questionar sobre nossos pensamentos, precisamos mesmo nos identificar e nos importar com cada coisa que se passa em nossas cabeças?

Que me perdoem a química, a matemática, a biologia, a física e as administrações da vida, nós estamos precisando mesmo é de amor.

Estamos precisando de uma universidade que nos re-ensine a amar, perdoar, compartilhar, ajudar. Tanto a nós quanto aos outros. Eu sonho.

Não deixe que sua vida escorra por suas mãos em trocas de notas de papel sem valor.

(Para nós, mulheres guerreiras)

A cada lua; a cada luta.

Se prepara, leoa, a força que mora dentro de você precisa acordar e atuar.

É hora de mostrarmos a que viemos.

A distribuir amor por aí das mais diversas formas. Por arte, por canto, dança, cuidado, afeto, por lei, por gestão, por toda essa força feminina que veio curar o mundo que andava tão parado, duro e linear. O mundo precisa de nós e de nossos ciclos. De nossa natural conexão com a natureza. Precisamos reconquistar nosso lugar... por isso digo: a cada lua, a cada luta.

Estaremos. Seremos. Amaremos. E sim, lutaremos.

Em frente sempre.

E você? A que veio? Ou está só a passeio? A paisagem é bela, eu sei. A vida é estrondosa, eu sei.

Os sentimentos são avassaladores, eu sei bem. Mas e aí? A que viemos?

Há algo mais além de pensar e sentir e fazer de novo, meu bem. Tem que ter.

Estejamos atentos, qualquer dia chega pra gente em uma noite desavisada no meio da rua, talvez naquele bar de esquina no qual sempre esperamos as boas novas.

(Mesmo em um lugar tão velho) Abramos caminho para o novo! Ele urge, querendo abrir a porta que alguns querem manter trancada. **Mas nós temos a chave, só esquecemos disso com as distrações e destruições dos caminhos.**

Mas ainda há tempo. Sempre vai ter. **Quando ouvir o chamado, não hesite.** Corra atrás, não há nada mais a fazer. Quando ouvir as batidinhas na porta singela, vá lá ouvir. **Tenho certeza de que será revelado tudo pelo qual você sempre esteve buscando.**

Você mesmo, seu caminho, seu coração, sua mais profunda alma lhe pedindo para por ali você entrar e se (re)encontrar.

Porque, meu bem, você sabe, todos nós estamos de alguma forma perdidos perambulando por aí à espera desse chamado. Não hesite. Não duvide.

Largue tudo que der e o que não der e ouça. Está dentro de você.

Nada como ver (ou ser) *um ponto de esperança* em meio a tanta desilusão.

Outro dia li uma frase na internet: "Repare bem no que eu não digo". Esse é o problema. Esse é TODO o problema. Temos que dizer, minha gente.

Cada pessoa é um universo em si e tem a sua própria linguagem, não é querer um pouco demais querer que ela adivinhe – ou repare (como achar melhor) no que você, por timidez ou falta de coragem, não está dizendo? **Não é mais fácil (e garantido!) que nós aprendamos a comunicar com a linguagem que temos em comum?**

Sejamos verdadeiros, sejamos corajosos em nossa verdade. E que de uma vez por todas digamos tudo aquilo que queiramos falar e que queremos que o outro saiba – ou repare (como preferir).

E que essa possibilidade do vislumbre de quem eu sou de verdade me faz lembrar o quanto eu preciso me livrar de tudo o que eu não sou. *Eu quero é chegar a essa essência e simplesmente ser*.

Eu só sei que me sinto protegida por todo esse *mar ao meu redor*, por todos os lados, por todos os cantos. **Me segurando, me vigiando e me resguardando.** Como um pai me protegendo, me dando limites e, ao mesmo tempo, *me lembrando da infinitude que nós somos*.

Acho que o sentimento mágico de estar em uma ilha é esse, estar rodeado de mar, de infinitude, **do encontro bonito do céu com a terra a todo o tempo,** da gratidão a cada olhar por essas terras tão puras e mágicas. Estar "ilhado" nesse sentido é, ao contrário do que a palavra sugere, estar literalmente conectado.

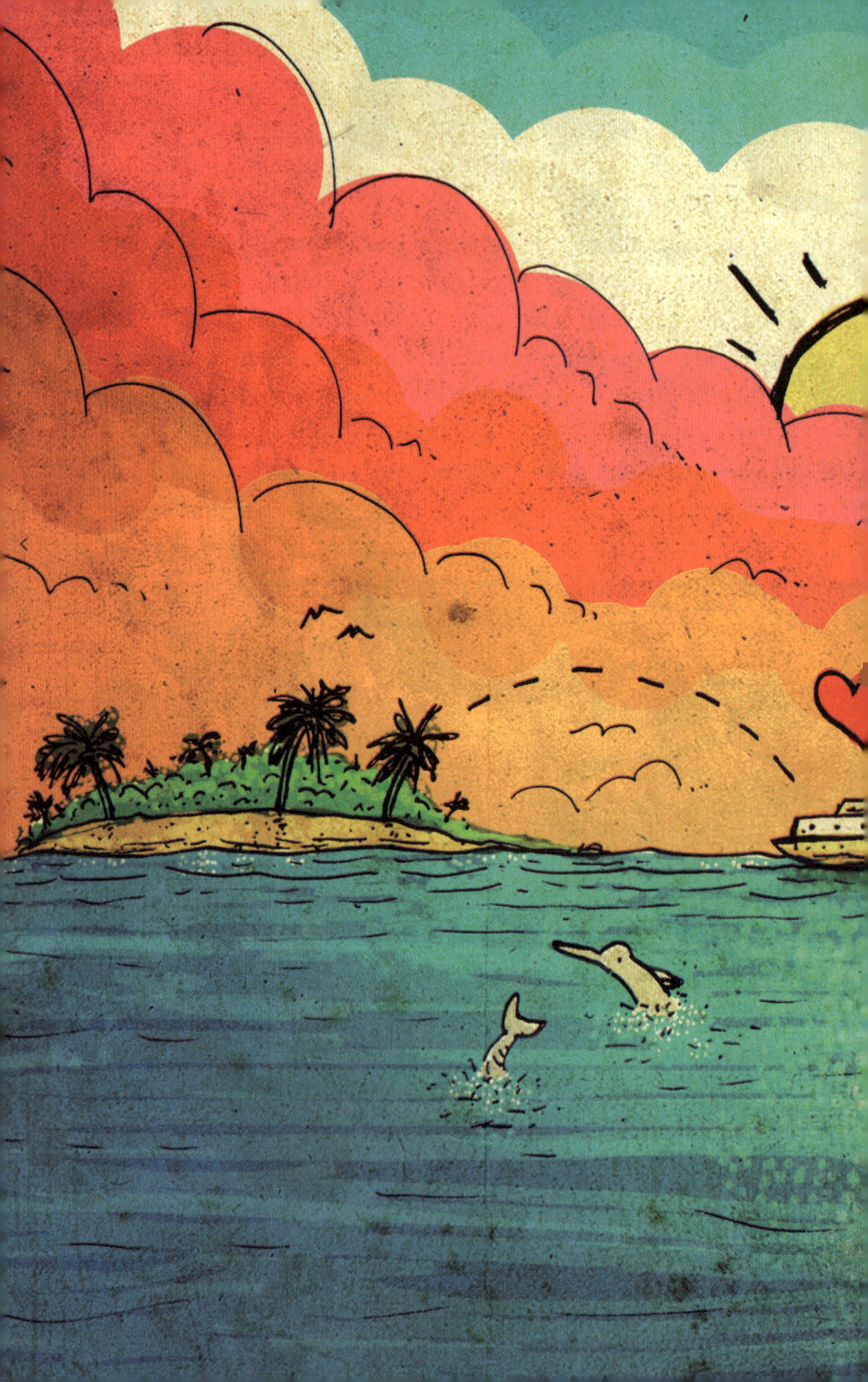

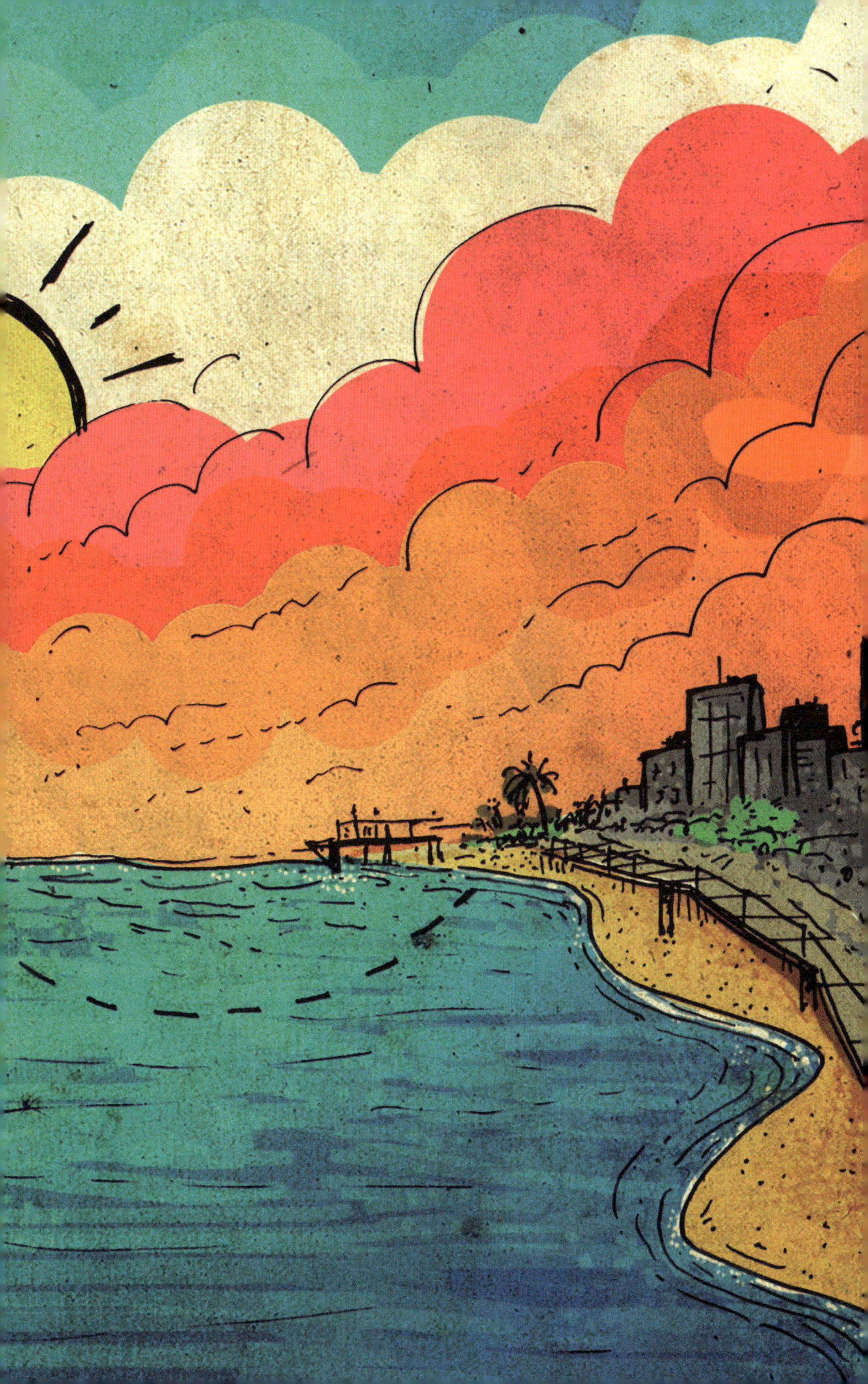

Meu eterno agradecimento a essa terra que me acolhe, me nutre e me renova todos os dias.

○○○

Nós fizemos essas escolhas. E apesar de não parecermos muitos, somos mais do que pensam. Pois estamos escondidos, mas naquela ilha maravilhosa da Tailândia, ou do Caribe, no Havaí, naquele vilarejo mágico da América do Sul, nas chapadas e **quebradas desse Brasil.** Você sabe, esses lugares que os mochileiros e as almas inquietas são atraídas. Almas inquietas não se conformam em viver em aglomerados cinza sem dar bom dia pro vizinho. A gente se aquieta mesmo é vivendo em comunidade e no meio, ou pelo menos, bem perto do mato.

○○○

Eu vejo nessa ilha muitas pessoas que escolheram trocar suas vidas engravatadas por empregos simples em frente à praia com uma ida à cachoeira depois. E sabe o que acho? Que não há escolha mais sã a ser feita. Nosso lugar é na natureza e sempre vai ser.

○○○

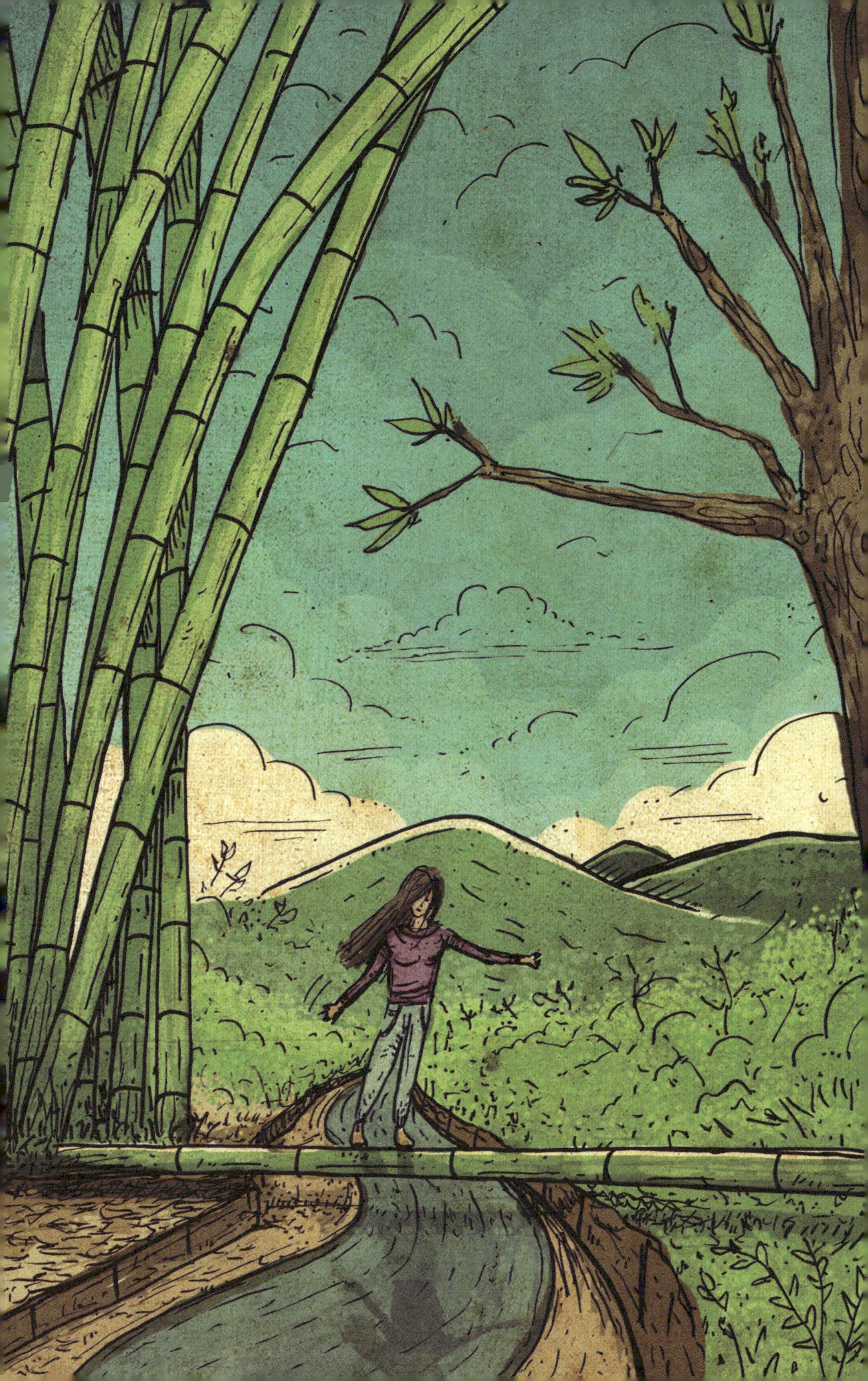

A arte de entender que o viver é estar sempre em desequilíbrio, mas mesmo assim se equilibrar entre eles. Cair? Jamais? Bambear? Quase sempre. Se divertir e rir enquanto? Uma dádiva divina.
Não querer que esteja sempre tudo perfeitamente equilibrado? A grande lição.

E às vezes tudo que a gente precisa é de alguém a nos dizer:
continue.

Acho que tenho alma de índio.

Uma praia com rio no canto me faz chorar, ir à cachoeira me faz me conectar e energizar, estar ao lado do mar e da natureza é uma das poucas coisas que realmente faz sentido pra mim.
Mais que isso.
É como se tivesse uma vozinha dentro de mim gritando: é **assim que é pra viver mesmo.**
Na natureza, na simplicidade, na família e em comunidade.
Onde foi que perdemos o ponto? Onde foi que esquecemos disso? Onde foi que começamos a dar mais valor para um papel do que para a própria vida em si?
Natureza é vida em sua mais pura (e forte) expressão... estar conectado com ela é de alguma forma estar conectado com Deus.
(Não seríamos todos lá no fundo – realmente – tupiniquins?)

NÃO ME PERGUNTE.

VÁ.
DESCUBRA POR SI MESMO.

(EU TAMBÉM ESTOU CAMINHANDO)

G.M.

@S.SERAMAREVIAJAR
FACEBOOK.COM/SOBRESERAMAREVIAJAR
SOBRESERAMAREVIAJAR.COM

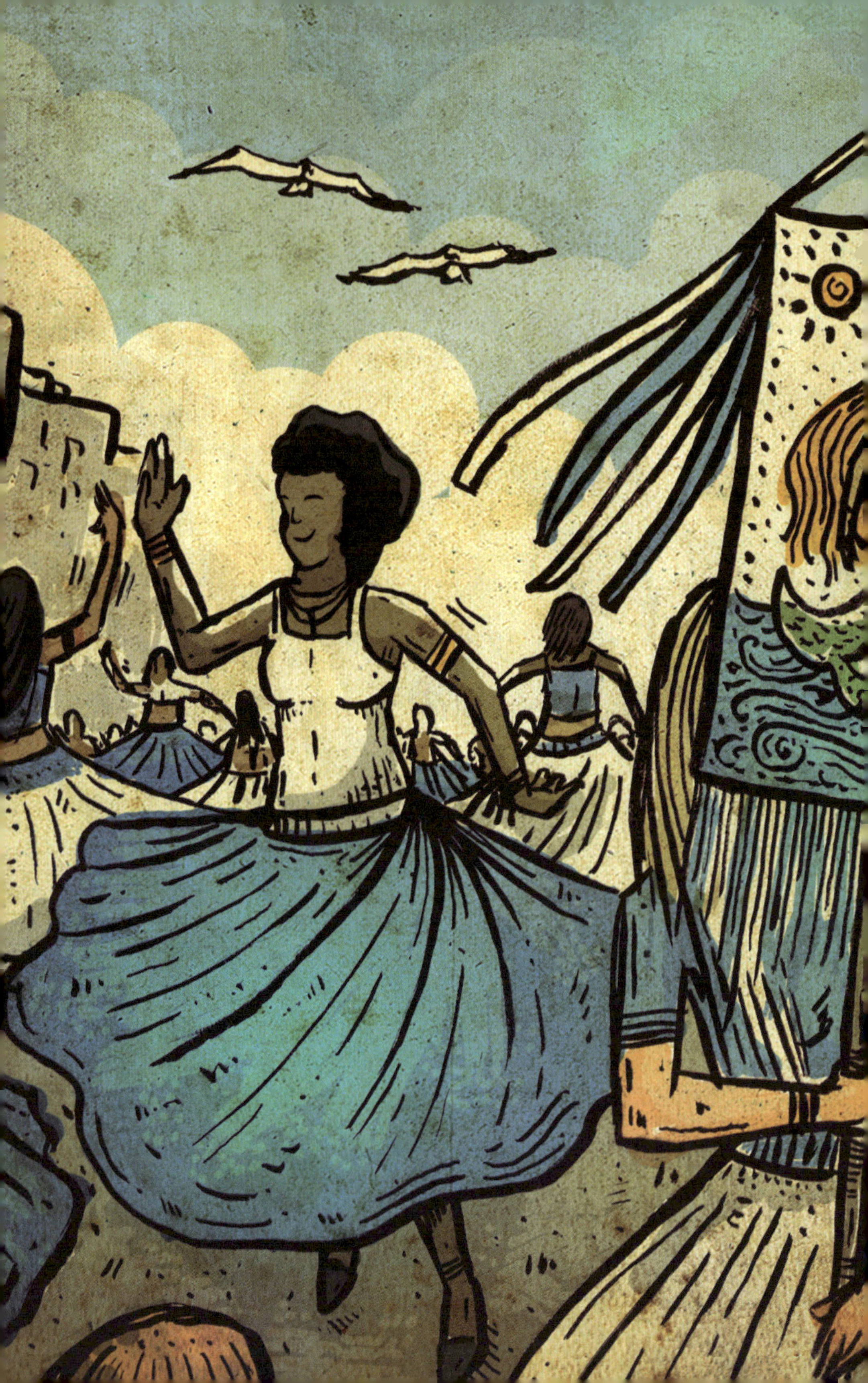

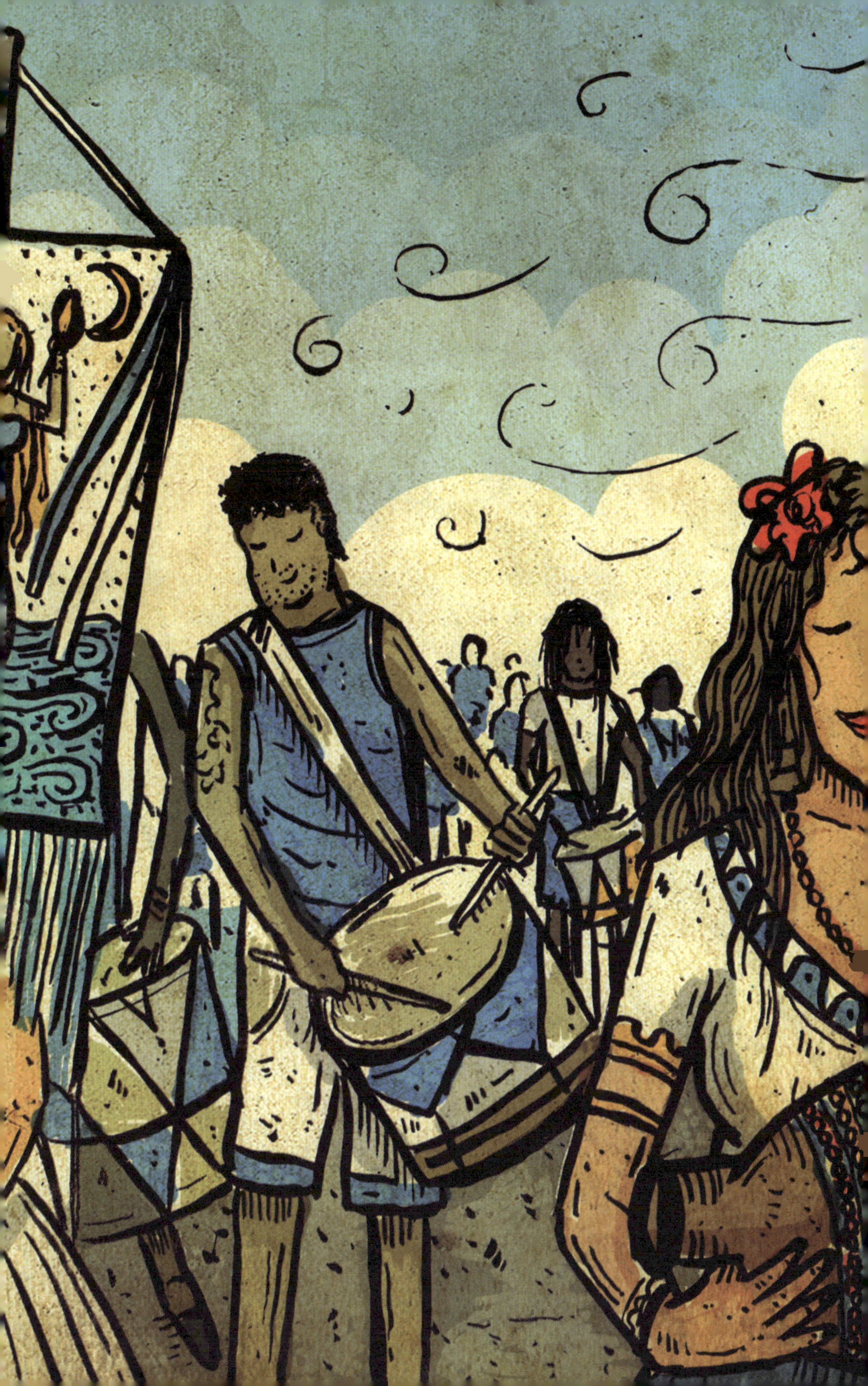

Há poucas coisas como uma tarde de tambor ao céu aberto e pé descalço no chão. É libertação, conexão e alinhamento com algo que bate profundo dentro de nós. É nosso coração falando através da batida, é nossa alma se expressando por linguagens que palavras não chegam. É sentir no peito a vibração de algo profundo, sutil, forte e sublime ao mesmo tempo. Por isso digo, há poucas coisas como uma tarde de tambor ao céu aberto e pé descalço no chão.
(tem sensações que são mesmo difíceis de descrever)

⁓

Cada dia é seu. Cada dia é, e tem que ser cada vez mais, de todos nós. De nos ajudar, de dar a mão, de ajudar a quem precisa, a quem não tem condição, a quem tem menos que você, seja de qualquer coisa, em qualquer âmbito. Temos que ser mais nós e não tanto eu. Aprender a viver em comunidade, em coletividade. A respeitar o outro.
A entender que respeitar o outro é respeitar a si.
Porque sim, estamos todos ligados e, lá no fundo, somos – mesmo – um.

⁓

Alguns estão meio quebrados por aí, **mas resistimos**. E seguimos à luta diária que nos devolve a força e a vontade de viver.
E se faltar, **escolha algo pelo que lutar, principalmente se for por si mesmo**.
Mas que tem um monte de causa por aí precisando de guerreiros pra ajudar tem. É só escolher. **Ajudar os outros é um dos remédios mais curadores para a alma.**

Uma das frases que mais deveria ser dita — e pensada no mundo é

Em que posso lhe ajudar?

Encontre uma causa pela qual lutar e vá à luta. Estamos aqui para algo maior, bem maior. Não duvide disso. Lembre-se de quem você verdadeiramente é e o que veio fazer aqui. **Como?** *Seu coração te dirá.*

※

Minha rebeldia é contra a seriedade. A minha rebelião é contra tudo que nos tira o riso e a liberdade de sermos nós mesmos. Contra tudo que desumaniza alguém.
Contra toda essa hipocrisia velada, contra todo tipo de preconceito, contra qualquer coisa que separe ao invés de unir. Contra tudo que gera rigidez, contra tudo que não deixa o amor fluir, contra tudo que (re)pre(e)nde o riso.
Contra tudo que vai contra o fluxo da vida... que está longe de fluir em um mundo cinza, desumano e cruel. *Sejamos palhaços da alegria e atores da bem-aventurança. Dançarinos do bom humor e cantores do amor que (deveria) unir a todos nós.* E se algo acontecer, não desistir jamais. **Continuar com a arte mágica de não perder o sorriso.** Sejamos assim, e somente só, rebeldes. Rebeldes da nobre arte de espalhar amor, sorriso e arte por aí.

※

Hoje na rua vi um jovem rapaz em uma cadeira de rodas pedindo dinheiro. Só que ele estava cantando. E cantando Cazuza, mas com uma verdade na voz que não tinha como passar reto. Ele errava a letra em algumas partes, mas isso não tinha importância, pois lá dentro dele ele estava cantando supercerto porque ele estava mesmo sentindo a música e o que ela queria passar.

Não importava quem estava passando, se dessem dinheiro ou não, eu sei que ele continuaria cantando, pois isso de alguma forma já era parte dele. Dava pra sentir, sabe? **Eu quis muito poder falar pra ele: nunca pare de cantar, não importa o que aconteça. Mas vi na verdade que era isso que ele estava falando pra mim cantando daquele jeito e naquela condição: não pare de cantar, não importa o que aconteça. E que lição.**

(SE NADA FIZER SENTIDO, OUÇA BLUES DA PIEDADE)

Avante, avante, guerreiro... pegue sua arma (**seja qual for: uma palavra, um sorriso, uma doação, uma canção, uma poesia, amor**) e vá à luta. Tem sempre muita gente esperando pela gente. **Nós somos mesmo aqueles pelos quais estávamos esperando.**

Se não houver luta, não há glória. É na luta que se aprende e se fortifica. E essa é, sim, a verdadeira glória. (O aprendizado está sempre no caminhar.)

Poucos são aqueles que sabem o que é quebrar por inteiro e florescer de novo. **Poucos sabem.** Com **todas as cicatrizes,** seguir em frente sem olhar pra trás. Com sede e fome sem igual de vida, amor e aprendizado. **Poucos sabem.**

A evolução tem seu próprio ritmo e tempo, ela não pula etapas. Tudo que é pra ser vivido precisa ser vivido.
Mesmo.

Eu escrevo porque é preciso.
(eu escrevo porque eu preciso)
Porque algum dia alguém precisou de alguém que escrevesse. O compartilhamento é a verdadeira causa e única e real razão.
Nunca se escreve para si.
E se assim o faz, é egoísmo.
É preciso, sempre, compartilhar com outros... afinal somos todos humanos e nossas simples, grandes e humildes ocorrências do dia a dia são o nosso denominador comum, **além de grandiosas lições**.
Você sentiu o chamado e veio cumprir
sua missão. Pegue seu lápis e canetas (e/ou smartphone) e vamos às ruas.
Destile toda sua prosa escrita e falada por aí... é **mais que obrigação, é dever**.
Como já dizia Pablo Neruda: "La del poeta es una tarea personal en beneficio público".

(Conto Carioca)

Hoje conheci Luiz, morador da Paciência e vendedor de balas nas férias e horas vagas. Luiz me pediu um açaí com tapioca igual ao que eu estava tomando, e eu disse:

— Claro, Luiz, pede lá! — dei aquele sinal de positivo pra moça e logo Luiz sentou na mesa ao lado contando as moedas e balas que estavam com ele.

Comecei a conversar perguntando das balas e em breve engatamos em um papo sobre a escola, perguntei se na dele teve ocupação esse ano e comentei que participei brevemente de atividades na ocupação de uma escola em Manguinhos.

Estávamos na Barra da Tijuca... vocês conhecem o estereótipo do local. Luiz estava tímido até então, mas depois que falei que participei da ocupação em Manguinhos ele se soltou todo.

E começou a contar que mora em Paciência e que já passou por um bocado de sorte com a vida entre balas perdidas e furos mortais marcados em sua janela. Falou que coloca fone de ouvido pra atravessar a boca de fumo para não ter problema com os rapazes e que a boca ainda fica em frente à sua escola. Contou que participou da ocupação da sua escola e que a polícia quando finalmente veio invadiu a escola em vez de ir atrás de alguma bandidagem.

— É mole, tia? — disse ele.

Mas o que me assustou (em meu último rastro de inocência ou quem sabe, sorte) foi a naturalidade que Luiz transitava entre os dois assuntos. Algo como:

— É, teve um dia que não podíamos atravessar a sala porque as balas estavam caindo tudo no chão, vai que pega, né? Caramba, tia, esse troço de tapioca parece sorvete, né? — enquanto exibia orgulhoso as bolinhas de tapioca na língua.

— Aí outro dia mataram o bandido que atirou no polícia, ele revidou e foi no peito, morreu ali mesmo.

—Se misturar com açaí fica bom, tia! Você experimentou?

—Aí os bandido briga entre eles mesmo, tem até UPP, mas não faz diferença não, tia.

(Mais bolinhas de tapioca sendo mostradas na língua incrivelmente feliz do garoto)

—Se não tivesse escrito, eu jurava que era sorvete, tia, é igualzinho.

—A UPP tá lá, mas não faz nada não, tia, os tiros continuam correndo solto, muda nada não.

—Tia, o açaí lá da frente é mais forte que aqui, sabia?

Assim... como se a gravidade dos dois assuntos fosse a mesma.

Com uma naturalidade que ao mesmo tempo me chocava e me dava a fatídica certeza de que para Luiz é mesmo assim que acontece. A realidade das balas (estas, sim, perdidas) é assim tão tátil como as bolinhas de tapioca que ele orgulhoso insistia em me mostrar quando achava.

Eu fui criada na zona norte, nada ali falado era exatamente surpresa para mim, mas ver Luiz já de tão pouca idade imerso nessa realidade, como se fosse para ser assim e como se não tivesse outro jeito de viver me choca, me intriga, me revolta, me faz ter vontade de abrigar todo mundo e fazer um mundo diferente.

Um mundo onde balas sejam somente estas mesmo de açúcar que o Luiz vende por aí.

Um mundo onde Luiz possa aproveitar suas férias sem ter que vender balas pra ajudar em casa e para quem sabe um dia comprar um "sorvete" tão grande quanto o que eu (com sorte) pude pagar para ele.

Eu rezo para que um dia nós, os luizes da vida e o mundo inteiro, só possamos entender balas como essas mesmo de açúcar que o Luiz (por enquanto) vende por aí.

Até lá, façamos o que pudermos para ajudar.

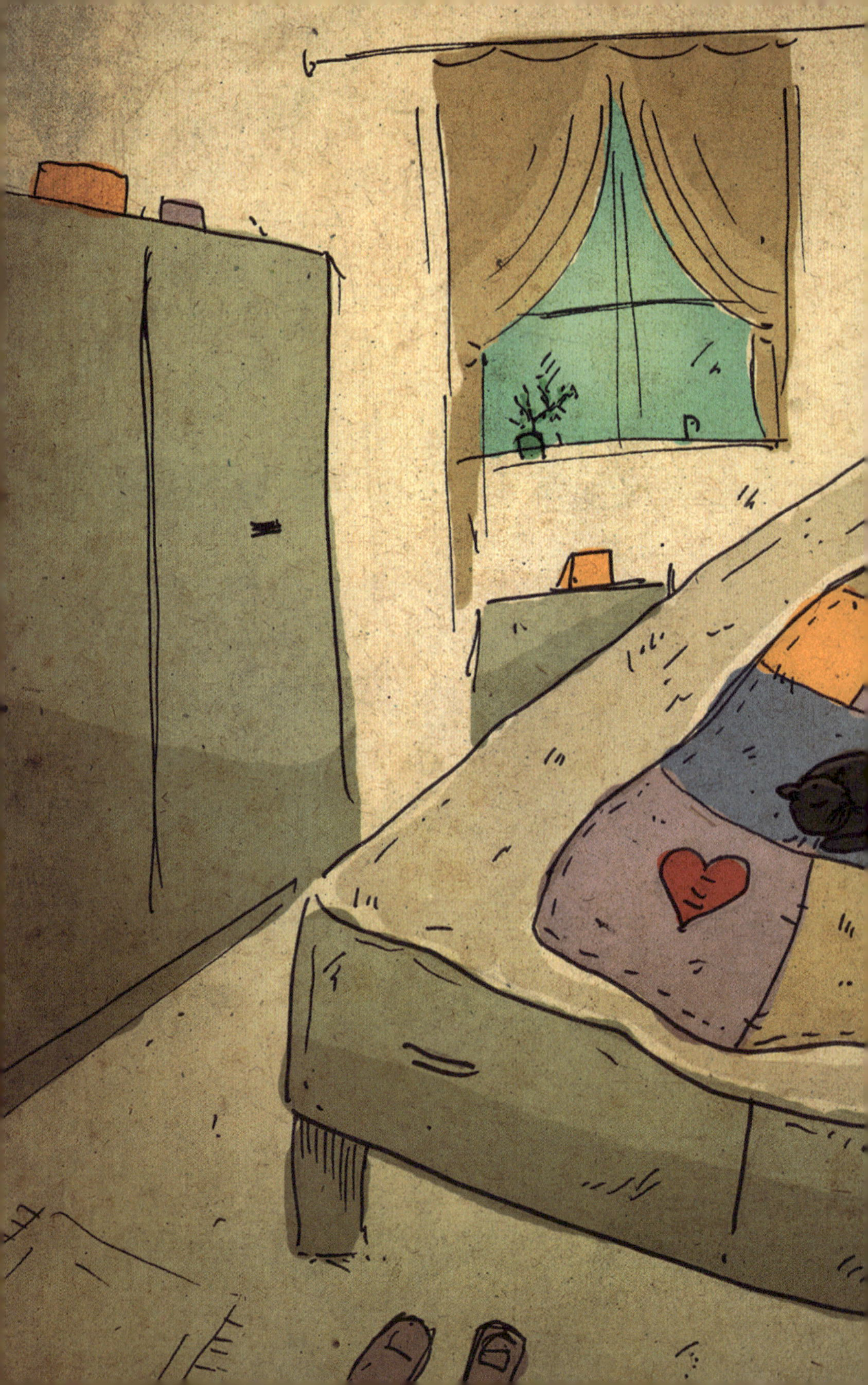

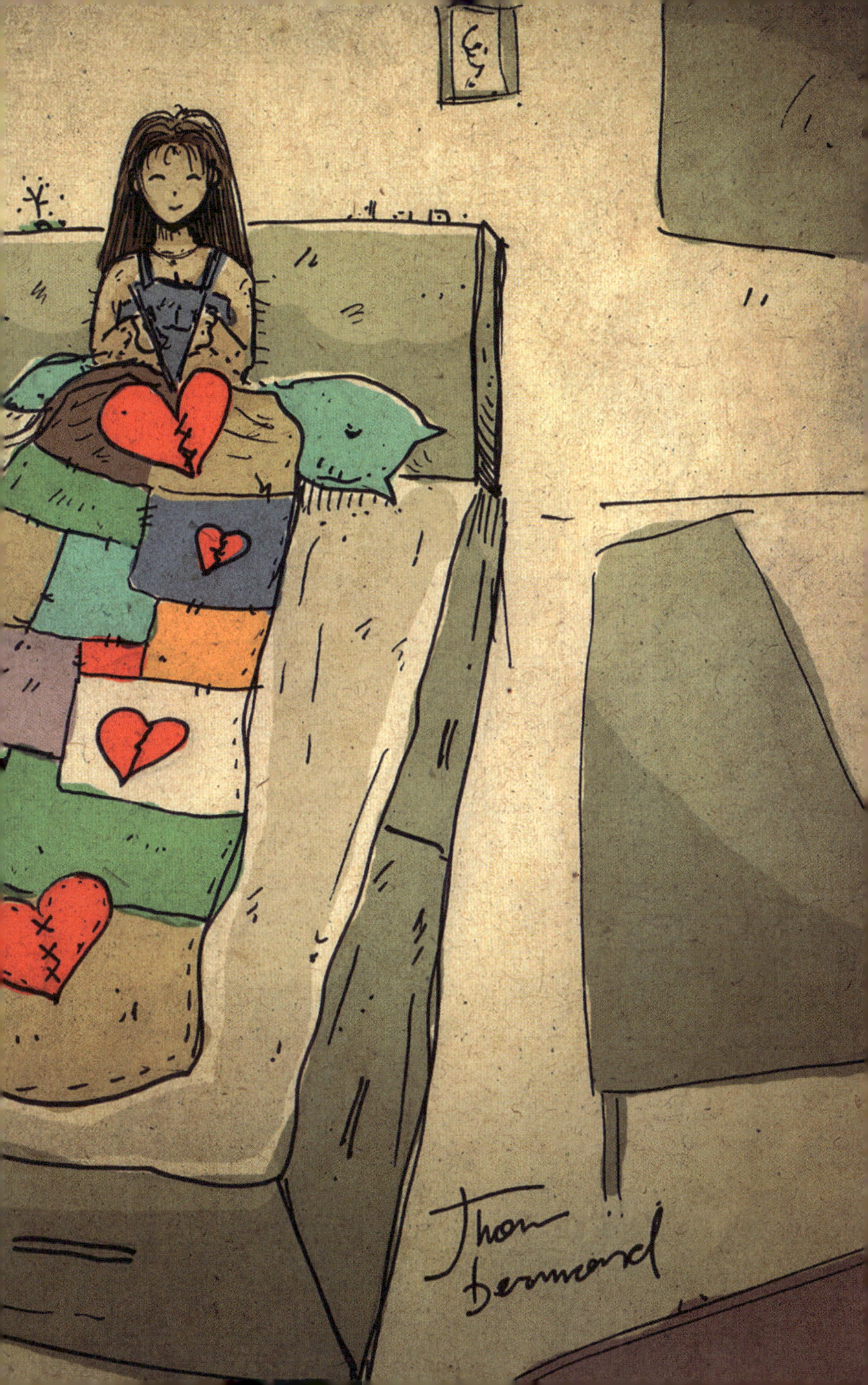

@SOBRE AMAR

Não seria o amor em si a maior viagem de todas?
Não seria o amor o nosso único e verdadeiro destino? Não seria o amor a nossa verdadeira essência? Não seria – esse sim – o verdadeiro amor? Dado isto, declaro o resto como ilusão, como maneiras e tentativas de chegar a esse amor verdadeiro através do outro, pois a verdadeira fonte do amor mora em você. Mas, ainda assim, amem. Independente de.

O amor é desordem.
Quem quer viver muito em paz não deixa o amor entrar. É preciso estar em paz com o caos para amar.
Faz parte da vida.
Amar, compartilhar, dividir, dialogar, coexistir, respeitar, compreender, abraçar, aceitar, ir junto. Nada disso acontece sem um pouco de caos.
É preciso caos para vibrar o amor. Porque é como chama que chega para destruir o que não é mais para estar presente. Chega pra arrebatar as suas certezas. Para abalar as suas tão fincadas estruturas. A tua tão certa razão.
Por isso é difícil os arrogantes realmente amarem. Onde vai ter espaço para o outro entrar e compartilhar com tantas portas fechadas de certezas?

Por isso os medrosos também têm sua certa dificuldade com o amor. Estão tão certos de que tudo vai dar errado que não se permitem entregar ao caos que tudo transforma, tudo chama, tudo arde e faz calor onde estava tão frio e abandonado.

E nem me fale dos que têm medo de mudar, se não mudou algo dentro de você, não foi amor. Só quem se permite ser revirado pelo caos e chamas ardentes do amor consegue verdadeiramente amar.

Em quem não quer encontrar o caos dentro de si, o amor não faz morada.

É muito desencontro pra pouco tempo.
É muito destino pra pouco encontro.

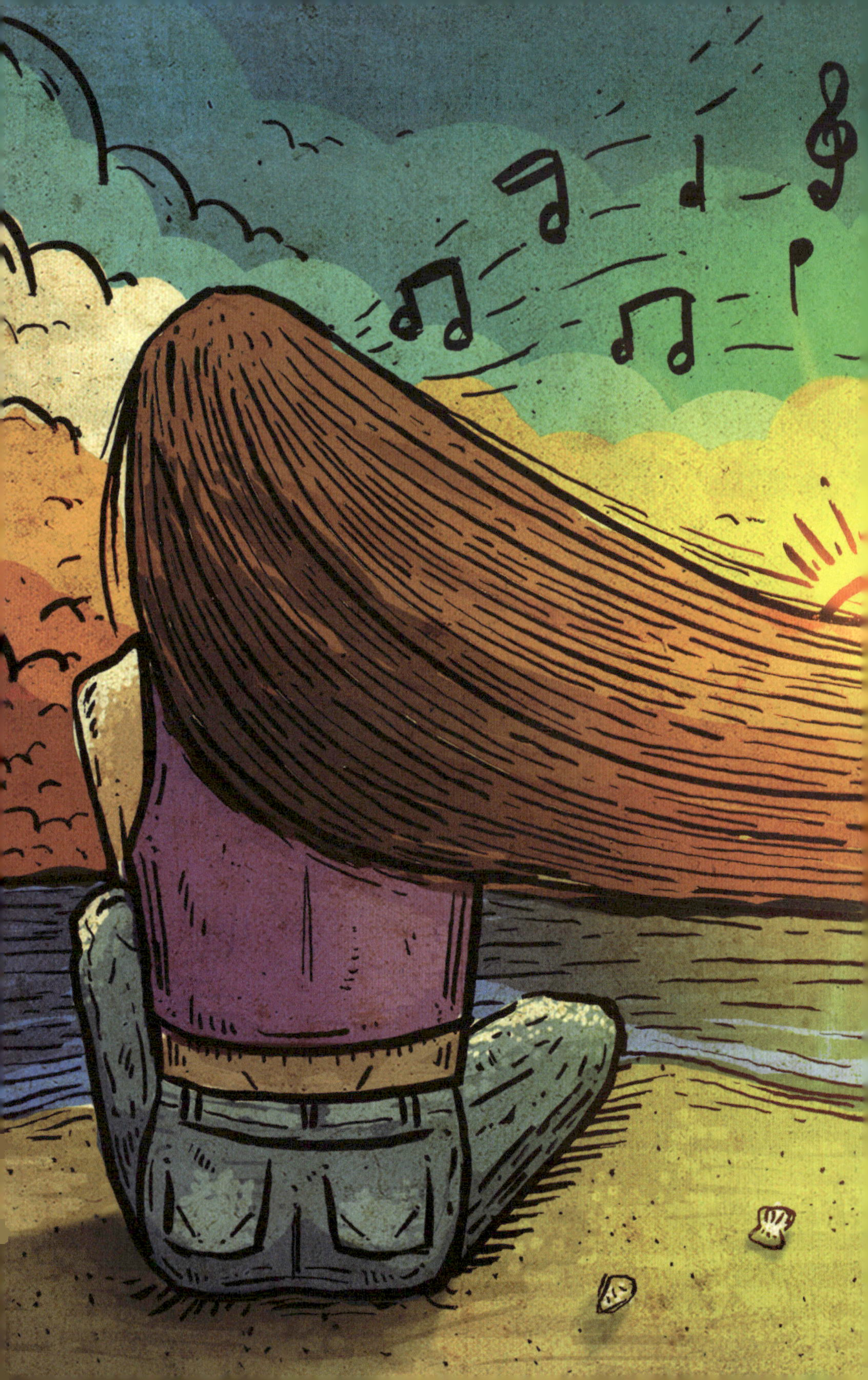

E que eu sei que eu não sou mais a mesma, e duvido que você também. E nunca há garantias de nada. Mas algo dentro de mim grita que o que é pra ser sempre vai ser. E a gente é pra ser, meu bem. Sempre vai ser.

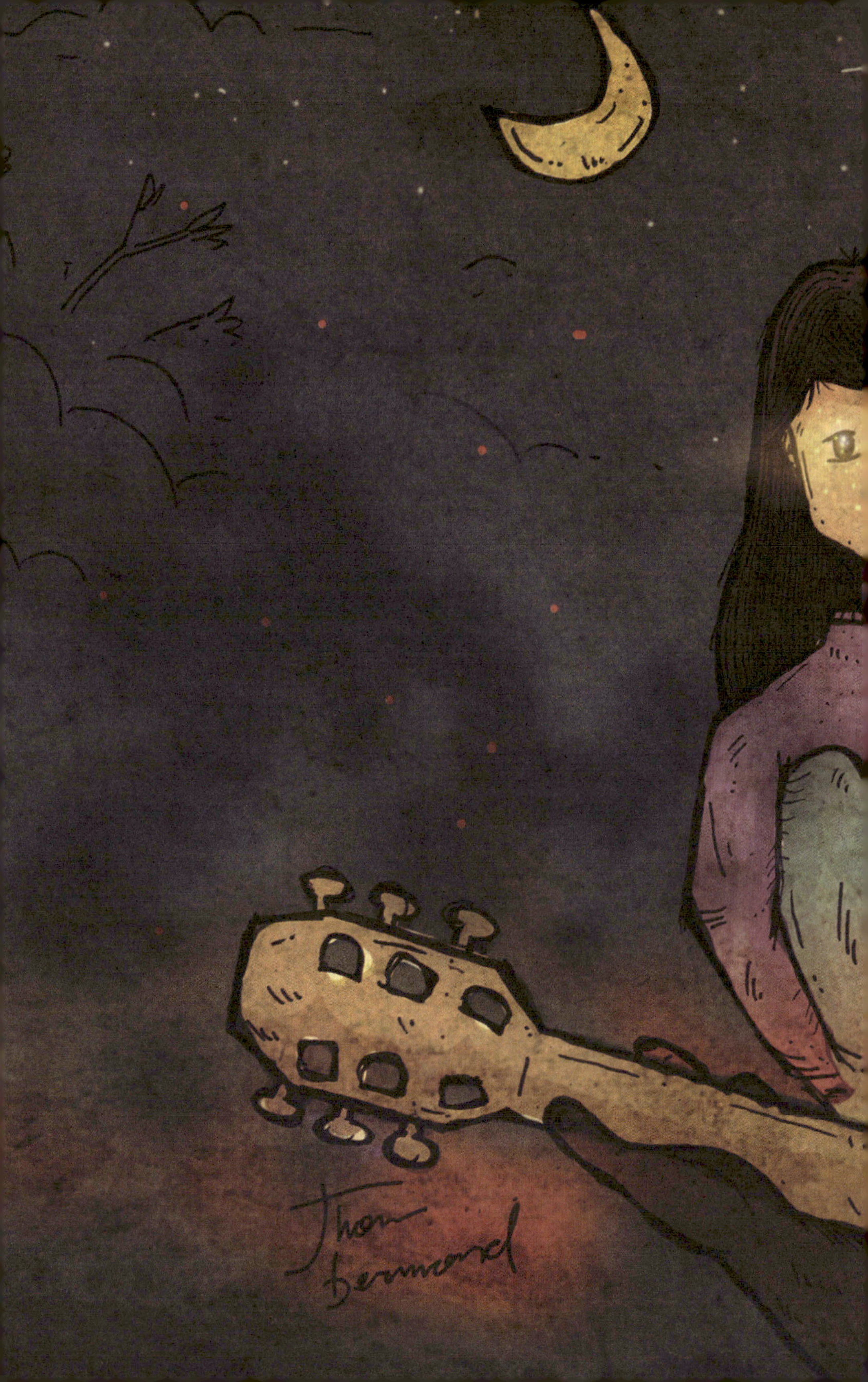
Thom
bernard

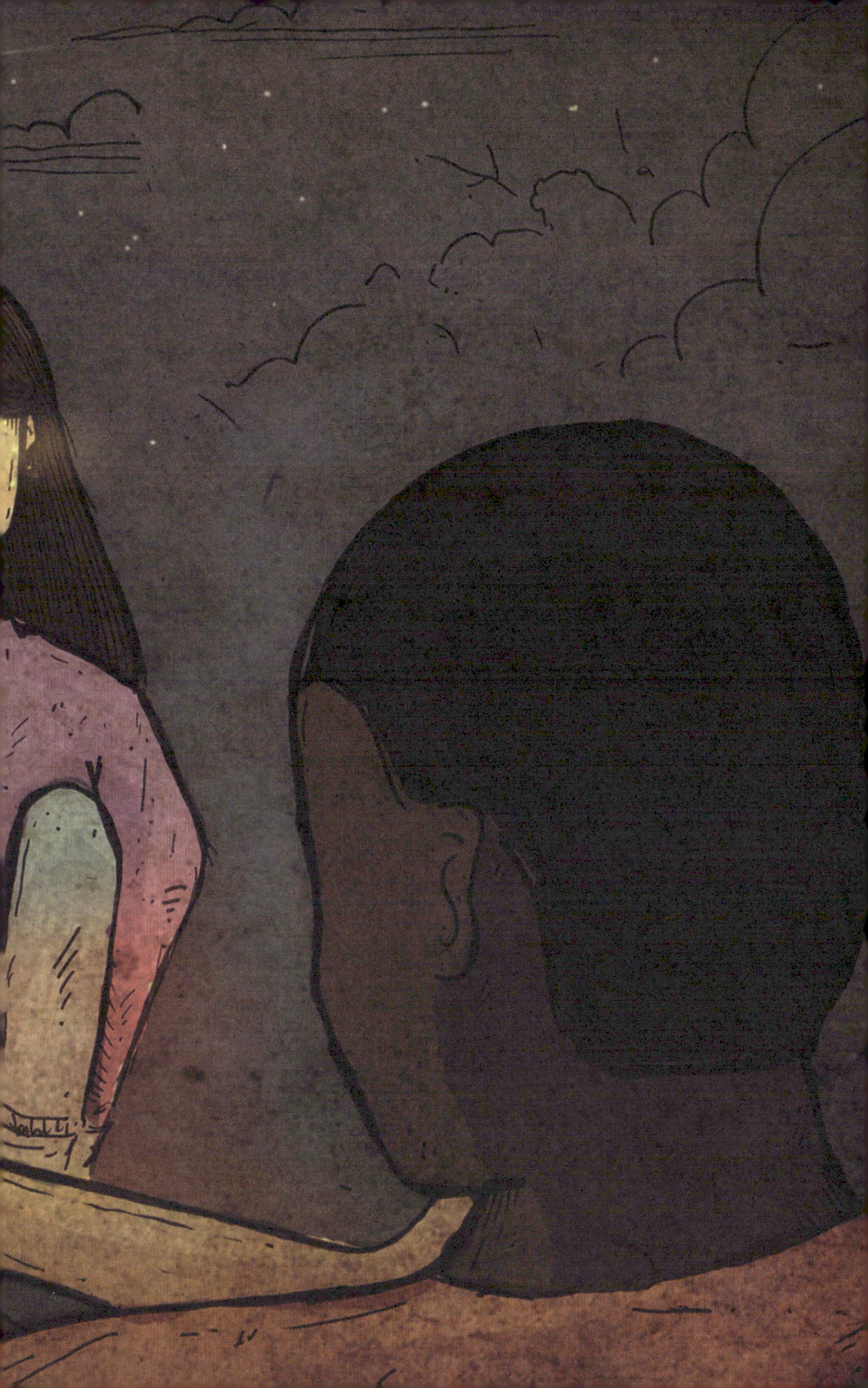

(Só para eu nunca mais esquecer)
Menina dos olhos de luz
Que clareou
Desfez do meu peito um nó
Que se aprumou
E assim voei
Suspirei
No balanço do céu deste mar de olhares
Mergulhei em paz
Poder encontrar o que há de melhor
Poder respirar esse ar de simples liberdade
E buscar algo mais de se ver, ouvir
Mas sentir a energia fluente em nós

Tempo,
Precisamos conversar.

Você anda me pregando umas peças que eu vou te contar.

É um tal de encontro desencontro, bate não bate, encaixa desencaixa que desespera.

Dá pra gente se acertar um pouquinho? Para as datas e lugares combinarem um pouco mais?

Pros dias não parecerem minutos quando for bom? E pra semana não virar um mês quando não estiver tão legal assim? Isso até dá pra suportar.

O que não tá dando é você me roubando minutos e horas de alegria com seus caprichos. **Facilita aê, amigo**.

Há muito amor e descobertas para se viver em um espaço tempo combinados. Mas você precisa ajudar.

Sei que seu irmão de caminhada, o fatídico destino, também tem seu dedo nisso, mas pensei que você podia mandar aquele papinho pra ele e facilitar a minha vida.

Agradeço profundamente a compreensão,

(Coloque seu nome aqui)

॰⌒॰

Tem gente que vive a vida inteira sem ter isso que a gente teve. Esse encontro mágico das infinitas possibilidades do destino. Esse milagre do tempo. **Essa bênção em que duas almas se tocam nessa profundidade como a gente se tocou.**

॰⌒॰

E eu fiquei hesitante até o último momento de fazer o check-in, com uma última e fina esperança de que no último momento você ia chegar e dizer: Pare e fique aqui, pelo amor de Deus. E eu largaria todas as malas e sairia correndo ao seu encontro. **Mas essas coisas só acontecem em filme. (Mesmo que este fosse o nosso)**

॰⌒॰

Mas de verdade, eu quero que você seja feliz. **Profundamente feliz**. Mesmo se nossas piores expectativas vierem a acontecer, eu ainda vou desejar que você seja profundamente feliz. **Que tudo de melhor aconteça na sua vida, sempre. Eu sempre vou lembrar de você com uma doçura sem igual.**

॰⌒॰

Eu, de superficial, nada quero.
Quero as profundezas de alguém em conversas de, estes sim superficiais, bares de esquina.
Quero os segredos mais vis e as fragilidades mais bonitas.
Os traumas mais profundos e as memórias mais doces.
As confissões mais receosas e as experiências mais orgulhosas.
Por inteiro.
Não sei saber pela metade. Não sei ser pela metade. Não quero barreiras na alma de alguém que não possa entrar.
É tão delicioso andar com alguém sem ter que ter cuidado **com esquinas escabrosas e portas fechadas**...

Chega de escrever cartas e não enviar.
Chega de sentir e não demonstrar.
Chega de querer falar e, na hora, calar.
Fale, grite, envie.
Logo.
Enquanto há tempo, enquanto isso ainda borbulha dentro de você. O tempo é fugaz e pode te roubar momentos preciosos.
Um roubo de diamante como uma carta pronta pra ser enviada é. Um roubo de verdades e sentimentos que são direitos de alguém escutar.
Enquanto é tempo, envie.
Não deixe para o sempre falível depois. A hora é – e sempre foi – agora.

Aprendendo sobre amor-próprio:

Por maior e infinito que seja o amor que sentimos por alguém, isso não obriga ninguém a te amar de volta.

Dói pra caralho sentir esse amor todo e não viver e doar. Mas paciência. Nem sempre somos correspondidos.

E podemos correr o risco de achar que a pessoa não está entendendo o quanto você a ama, porque, se ela realmente soubesse e entendesse o quanto você a ama, ela viria correndo pra você por causa do tamanho do seu amor.

Só que às vezes não.

Ela não ama de volta e pronto. Pequeno, grande, infinito, tamanho de formiga, interestelar, o que seja o tamanho desse amor. *Não é sobre quanto, é se bate ou não, quer ou não.*

(A rosa apaixonou-se pelo cacto. Compreendia seus espinhos) — ou literalmente entre a razão e o coração.

Querido coração, acho que precisamos finalmente ter uma conversinha. Temos entrado muito em contradição ultimamente e às vezes não entendo o que você quer me dizer.

Às vezes você aperta, sente saudade e eu não entendo mais nada. Como pode isso acontecer quando a realidade já afirmou que não tem volta? Que não há intenções por trás dos atos?

Eu sei, eu sei, calma. Eu sei que você acha que tem, eu também achava! Tudo parecia tão óbvio!

Os carinhos, olhares (e que olhares!), os abraços, o cuidado, a atenção, sim, eu sei.

Tudo isso parecia tão claro de que eu era especial, diferente das outras, né? Eu também vi, vi também já nossos momento juntos.

Como pode, né? Uma coisinha boba e já estamos nós novamente sonhando e vendo coisas que jamais vão acontecer.

Eu sei, dói falar isso. Mas como pode, com toda a confirmação da verdade, você ainda apertar e dizer que é tudo mentira e que você sabe que não é assim?

Como é possível que não tenha nada por trás?

Eu sei, você acha que conhece, que entende os medos e espinhos e que acha que é só medo de se machucar, mas que no fundo ele quer o mesmo que você.

Eu sei, às vezes parece mesmo. Eu vi também, naquela noite tão especial, um menino tão doce e frágil precisando de carinho.

Sim, eu vi e sinto saudades dele também. Mas não sei se verei aquele menino novamente, ele se esconde por trás de medos de um grande rapaz.

E aí, meu querido companheiro, são caminhos que não sei se podemos atingir!

Ainda vejo de vez em quando um breve lampejo desse menino, mas tão logo chega, vai embora com a mesma rapidez que chegou!

E como se nada tivesse acontecido! Como se aquela demonstração de carinho, de querer estar junto, fosse normal e acontecesse sempre!

E aí machuca, né, coração? Você bem sabe.

A esperança e o amor não dados que estavam guardados dentro da caixinha fechada de repente se sacodem e querem voltar à tona.

Mas não pode, coração. **A realidade aqui fora é outra, temos que aprender a aceitar que tudo isso é coisa da nossa imaginação.**

Calma, eu sei. Parece tanto que não é, que fica muito difícil aceitar a realidade.

Eu posso dizer que você, querido coração, sempre soube mais das coisas que eu!

Mas e agora? O que fazer quando a realidade está me mostrando uma coisa e você o oposto?

Por que você insiste em teimar que essa história não acabou e ainda está longe de chegar ao fim?

E pior, por que você insiste em dizer que estou fazendo a coisa errada em fugir disso, em esquecer?

Ficou tudo tão confuso quando você começou a apertar toda vez que eu me esclarecia e punha um ponto final!

Estava tudo resolvido, mas você insiste em dizer que não.

Eu sei que a nossa linguagem é um pouco diferente, mas será que não tinha como nos entendermos de vez?

De sua sempre discípula, razão.

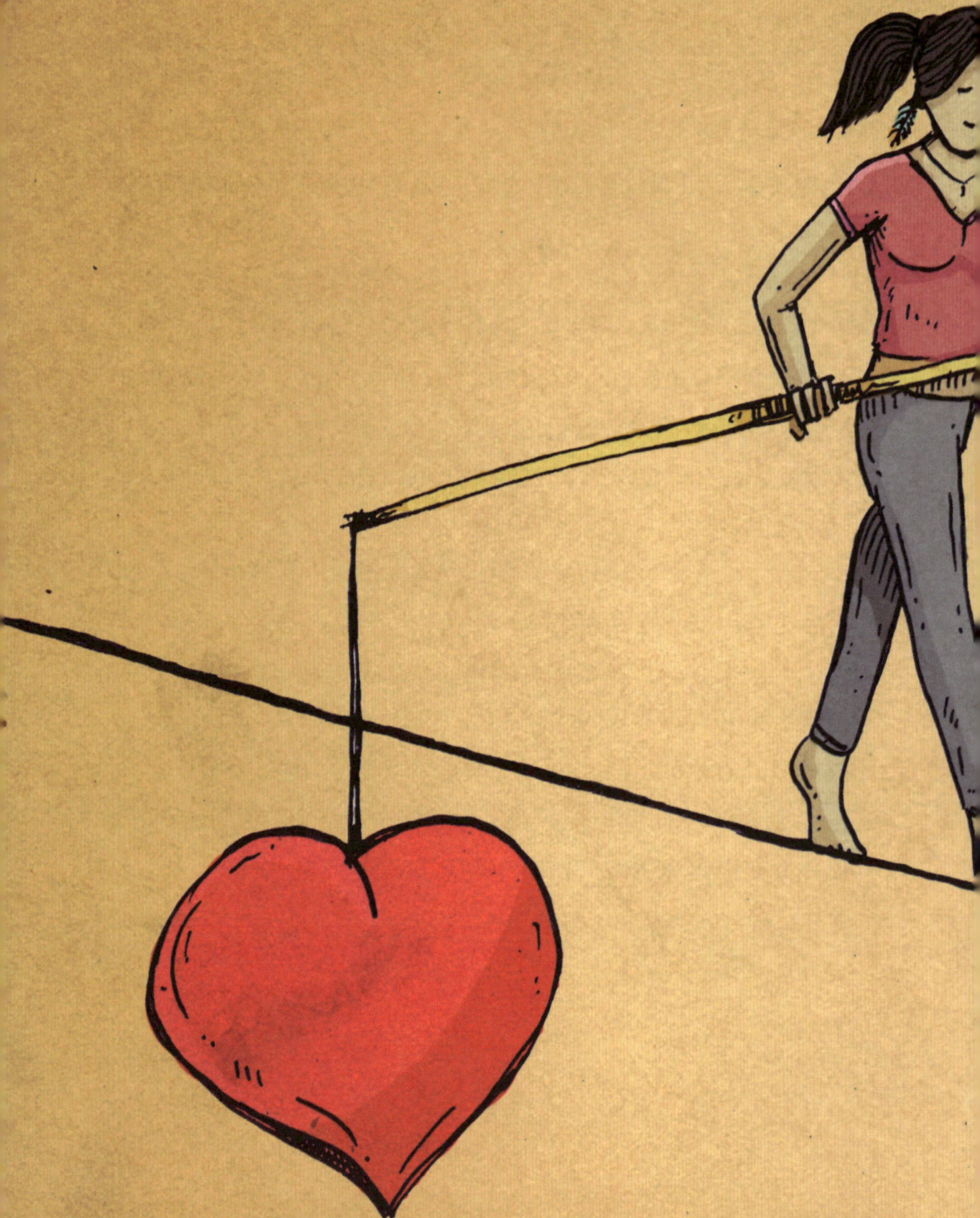

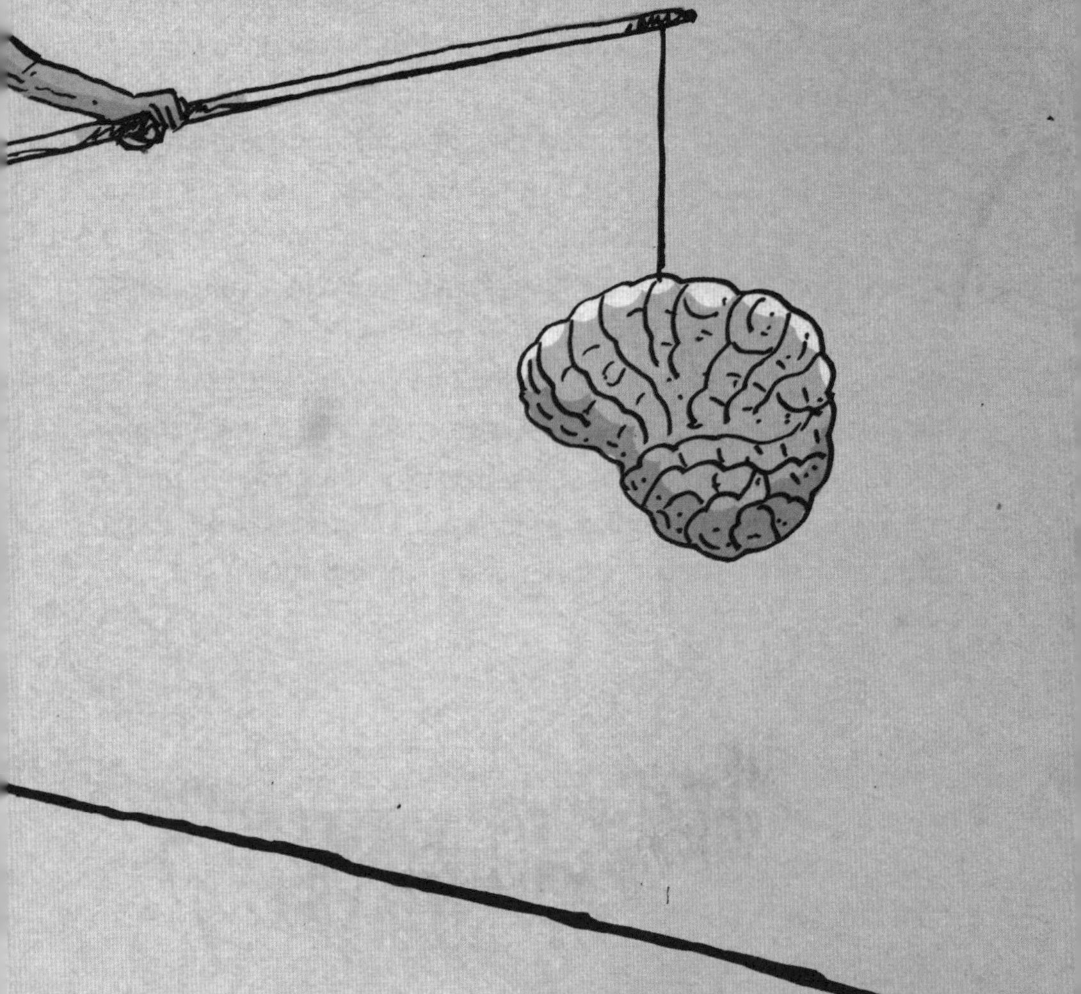

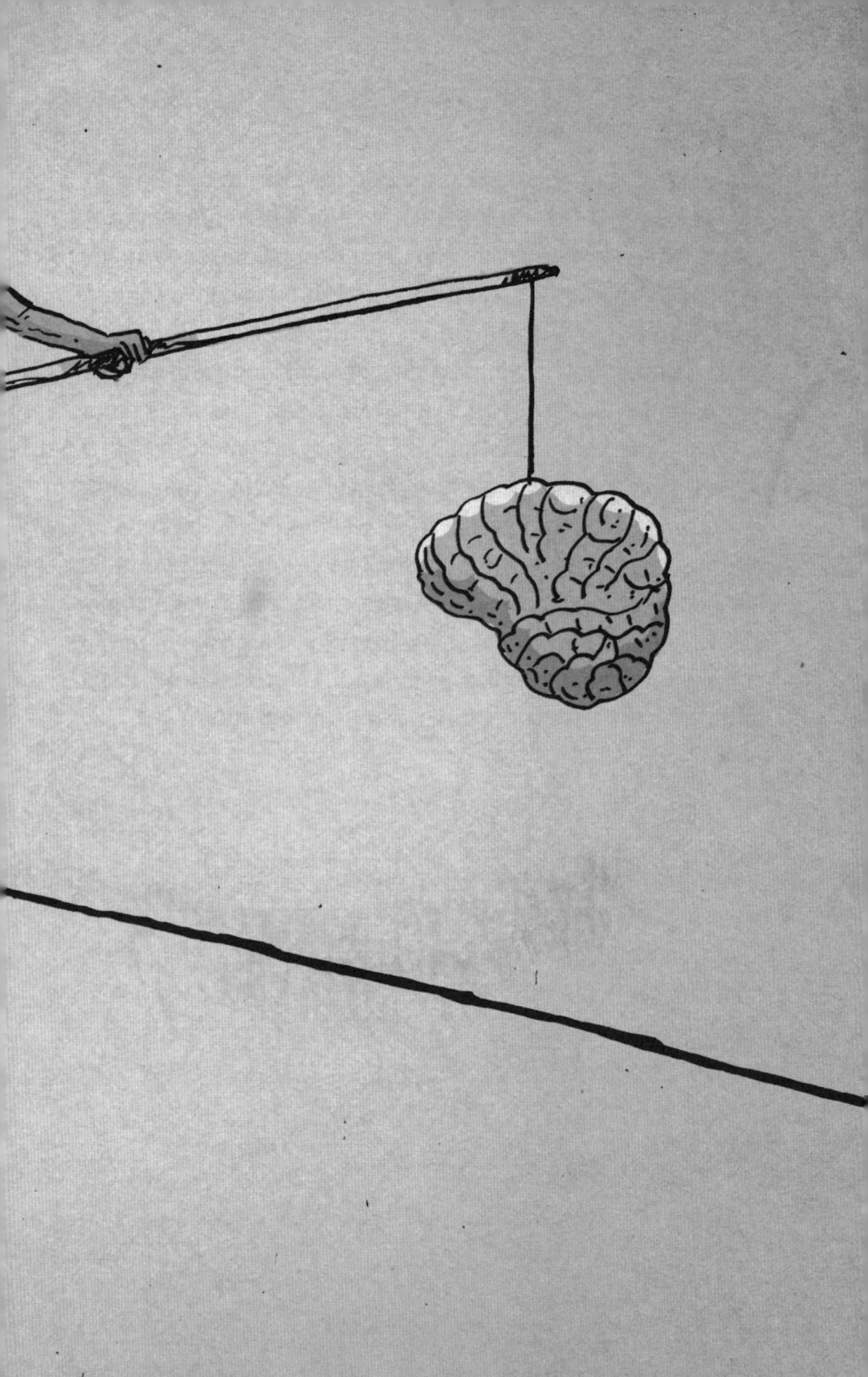

O corpo sente falta.

Do contato, da interação, do tato, do carinho, do movimento, da sincronia, da conexão. O corpo também sente falta. Às vezes, é melhor pensar que é só o corpo que sente, que não há/houve nada a mais. Depois de dias acostumado com o contato com o corpo do outro, quando o outro some, o corpo sente falta. Do carinho, da conexão, da sincronia, do movimento. O corpo sente. Cadê? Pra onde foi? Talvez não haja mais tanta ingenuidade pra pensar que isso é coisa do coração. **Mas o corpo sente falta. Também**. Talvez já não haja mais tanta expectativa e esperança, mas o corpo sente. Cadê? Pra onde foi tudo aquilo que se sentiu e passou nos últimos dias? Vontade de apertar, tocar, morder, sentir, trocar, conectar, compartilhar. O corpo sente. Será que é só o corpo que sente? Até onde vai a barreira? Onde terminam os limites? **O que define essa barreira do corpo e começa algo mais além?**

(O tal do nome)

Sabe, a gente não precisa ter um nome pra ficar junto. É só ficar junto, quando e se der vontade. Assim, simples, sem pressão, sem cobrança, só deixar ser o que tiver de ser. Sem medo, sem preocupações, sem expectativas, sem pensar no depois. Só deixar vir o que vier.
Não é mais fácil só ser feliz?

Não havia dúvida. Não havia ansiedade do que seria, porque já era antes de ser. Não havia necessidade de grandes e escondidas catarses no papel. **Olhar pra você já me dizia tudo que eu precisava.**

~

Eu amo você, simplesmente assim. Já quis não amar, mas amo. Cansei de lutar com algo tão forte... tão único. O nosso amor é só nosso e é difícil pra alguém mais entender. Às vezes, até pra gente é.

Mas o que seria de nós se vivêssemos pra entender as coisas em vez de vivê-las.

Eu amo, e sou feliz por amar. O que eu joguei fora foram as condições desse amor ~ *agora, eu amo... independentemente do quê*. Não sei se isso é bom ou ruim, mas pelo menos parei de lutar comigo mesma.

E quando isso aconteceu vi que esse amor ficou maior, mais forte, como se eu tivesse tirado as condições pra ele existir, dando espaço – agora sim – para ele criar suas verdadeiras raízes.

~

Sobre amar

PARTE 1

E quando parei para ter consciência, não vi amor de verdade. Vi apego, ciúmes, insegurança, medo, egoísmo, sofrimento e desejo. Amor não, amor é outra coisa.
Quando você está procurando algo para se preencher porque você
próprio não se basta, aí é sinal de que algo não está muito bem! Nada externo pode te preencher de verdade... é uma busca sem fim. Enquanto você não se amar até o seu último fio de cabelo, acredite, **ninguém poderá fazê-lo por você.** Porque mesmo que você consiga o que você acha que pode te preencher, quando você chega lá, aquilo não te traz a satisfação que você
imaginava que trouxesse e, se traz, é por bem pouco tempo, porque é superficial.
Preenchimento interno só pode vir de dentro.

Sobre amar

Parte 2

Demorei muito para internalizar e integrar isso de verdade, pois só você pode se amar para se preencher, amando-se, elogiando-se, perdoando-se, iluminando-se e o mais importante: **aceitando-se com todas as perfeições e imperfeições sem a menor culpa**. E quando isso acontecer, você será tão inteiro, mas tão inteiro que não sobrará nenhum espaço vazio para você sentir que precisa de outra pessoa ou alguma coisa externa para te preencher. Aí, só aí, mas só aí mesmo que pode aparecer outro ser inteirinho também para vocês transbordarem juntos! Sem apego, necessidades, ciúmes, demandas e carência. Aí sim o amor verdadeiro pode ter lugar, em um espaço de doação e não de necessidade, no qual o que você precisa é mais importante do que o outro.

Um amor puro, de amizade, união, doação, aceitação, evolução, plenitude, liberdade, confiança e consciência, muita consciência.

Aí sim, tudo pode acontecer, mas só assim...

A única coisa que eu peço é sinceridade. Não tenha medo de mostrar seus mais profundos medos e monstros. **Seus erros mais humanos e sua crueldade mais vil.** Eu sei, eu também tenho. Eu os vejo em mim o tempo todo e sei que eles fazem parte. Não tenha medo e não se esconda, eu aceitarei tudo. O ato mais imundo e o pensamento mais suicida. **Qualquer coisa eu aceitarei.** Só não me venha com falsidade e mentiras rasas. Isso eu não tolero. **Seja puro, verdadeiro, sem medo e todos os braços lhe serão abertos.** Se assuma humano, porque assim também sou.

Ao invés de catar migalha
Sabe... não adianta juntar migalhas,
elas jamais voltarão a ser um bolo inteiro de novo.
[migalhas serão sempre migalhas]

Essas migalhas, que às vezes a gente escolhe aceitar, enganam, às vezes até bem, mas estão longe de preencher o que uma integridade preenche.
Longe. Muito longe.
O que preenche é coisa inteira, minha gente.
Ninguém aqui nasceu pra aceitar menos que a metade, deixe essas migalhas pra lá e vá atrás da inteireza que você tanto procura e que tanto pode realmente te preencher. **Mas lembre-se de começar por você.** Comece por não aceitar mais nada que não seja inteiro. Por não aceitar nada que não vai te deixar feliz no dia (ou na semana) seguinte. Por não aceitar nada que te preenche de verdade, coração? **Por favor, eu lhe peço.**
Vamos ser feliz, minha gente.

Ao invés de catar migalhas por aí, moça, **vá você mesmo** ao mercado, compre farinha, leite, ovos, fermento e o sabor que você mais gosta e faça o bolo – inteiro – mais lindo que você já fez na vida, assim, pra você mesma. **Isso se chama amor-próprio**.

E você, moça? Ia gostar dessa gaiola que está querendo colocar nos outros e chamar de seu?

Que as **coincidências** continuem a guiar os nossos caminhos.

Quando você acha que não tem mais espaço e tempo na vida pra mais uma história de amor, vem a vida e mostra o contrário. **Amor nunca é demais**.

E eu de repente entendi que tudo que eu sempre quis era um porto seguro pra pousar (de vez). **Logo eu... como a gente se engana fácil.**

Por muito menos já se amaram por aí, por que não com a gente, meu bem?

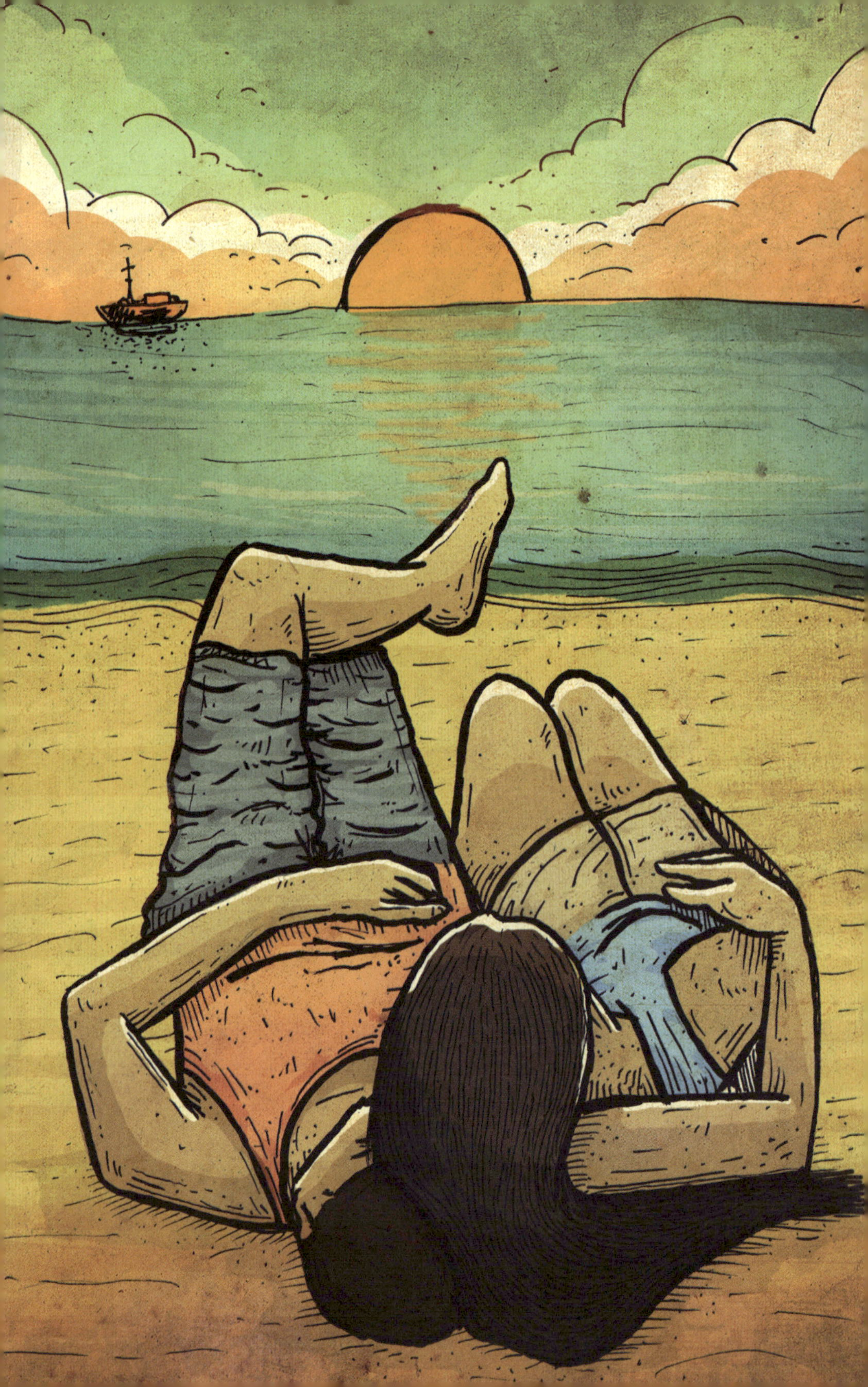

É meio além **do destino, das coincidências e dos astrais. É a gente. A gente.**
Já sei. É o amor.
Eu sempre ouvi que o amor está além de todas as coisas nesse mundo.

―⁂―

A felicidade é simples. Eu prometo.
(Eu sei que é quilômetros mais fácil dizer isso ao seu lado, mas de qualquer forma é mesmo verdade.)

―⁂―

Já falei que te amo de todas as maneiras possíveis?

―⁂―

O amor de ondas tranquilas com pitadas de tormento como o nosso,
saudável e gostoso como o mar que vemos ao nascer do sol.

―⁂―

Muitos não sabem,
mas a verdadeira cor do amor é verde.
De quê? De **esperança.**

―⁂―

Fazer brotar o amor é como frutificar uma árvore. Tem que ter raízes fortes para aguentar o peso e a beleza de tudo que virá. E fazer essas raízes não é fácil, tem que tirar um monte de terra, se adaptar ao espaço que tem ou abrir um novo. Isso exige força, comprometimento e muita vontade de crescer. Somente com base forte um amor pode florescer. Uma base forte requer boas doses de confiança, lealdade, comprometimento, união, e acima de tudo coragem. **Coragem para enfrentar – juntos – os medos e desafios que estão por vir.** E juntos vencer, e juntos seguir, e juntos firmar esse amor para poder crescer forte e bonito como aquelas árvores fortes e largas com flores e frutos bonitos e bonitas que nada destrói e que nenhum vento faz envergar. E muito autoconhecimento, paciência e empatia para as raízes fincarem de vez **na terra fértil da compreensão, compaixão e amor verdadeiro. Daqueles que sobrevivem às mais diversas pragas e continuam firmes, juntos, crescendo em direção à terra e evoluindo em direção ao céu, eu os honro e agradeço por mostrarem o caminho. Pelo menos até aqui.**

Ele queria um amor gaiola, e eu queria um amor sabiá.
E vocês sabem que os sabiás precisam
voar e cantar por aí para viver.

O amor e o mar estão sempre ligados.

A (MAR) é o verbo que se conjuga junto com a infinitude azul que nos aproxima dos MISTÉRIOS das PROFUNDEZAS de nós mesmos

AMAR envolve, sempre, nos amar por inteiro.

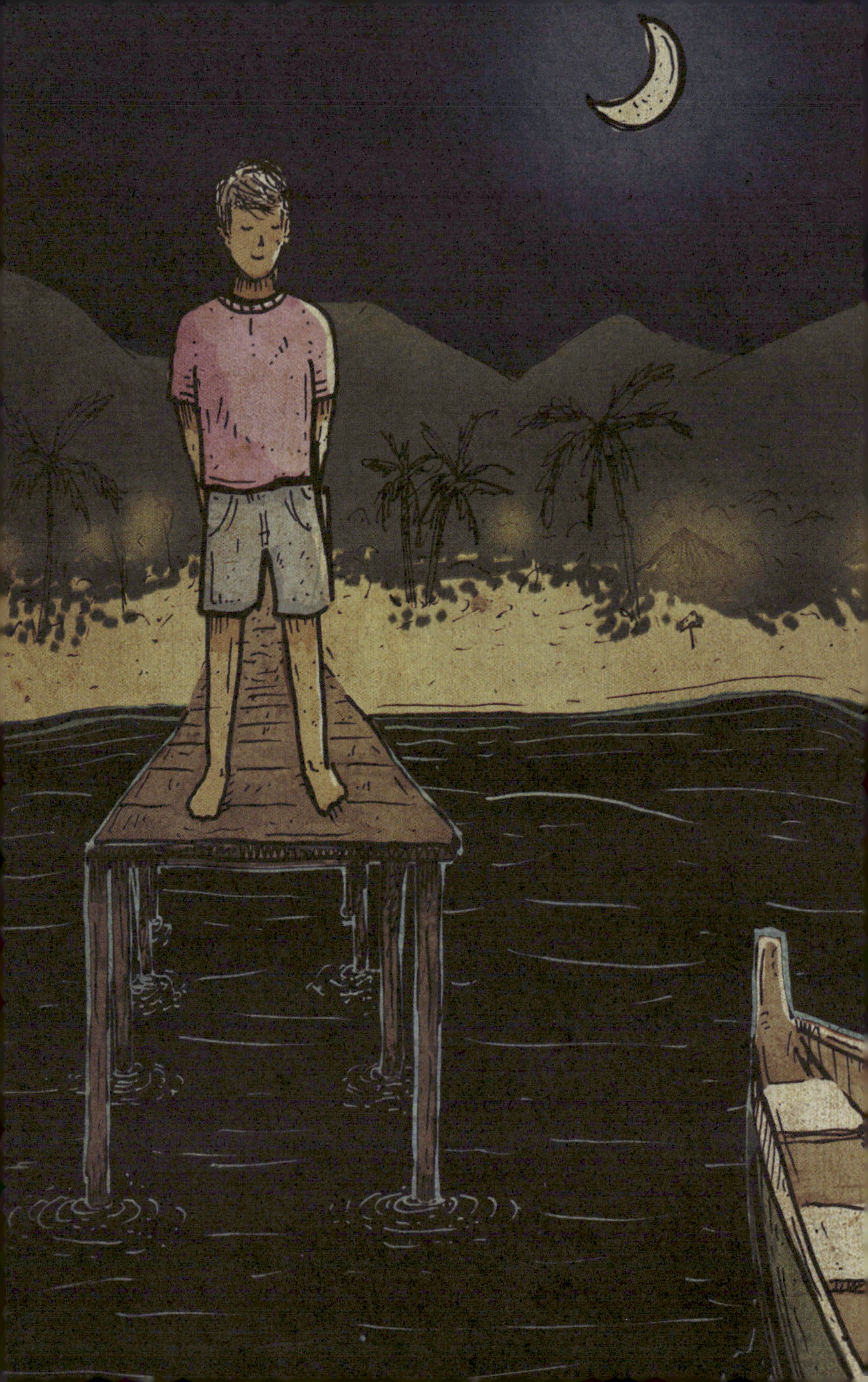

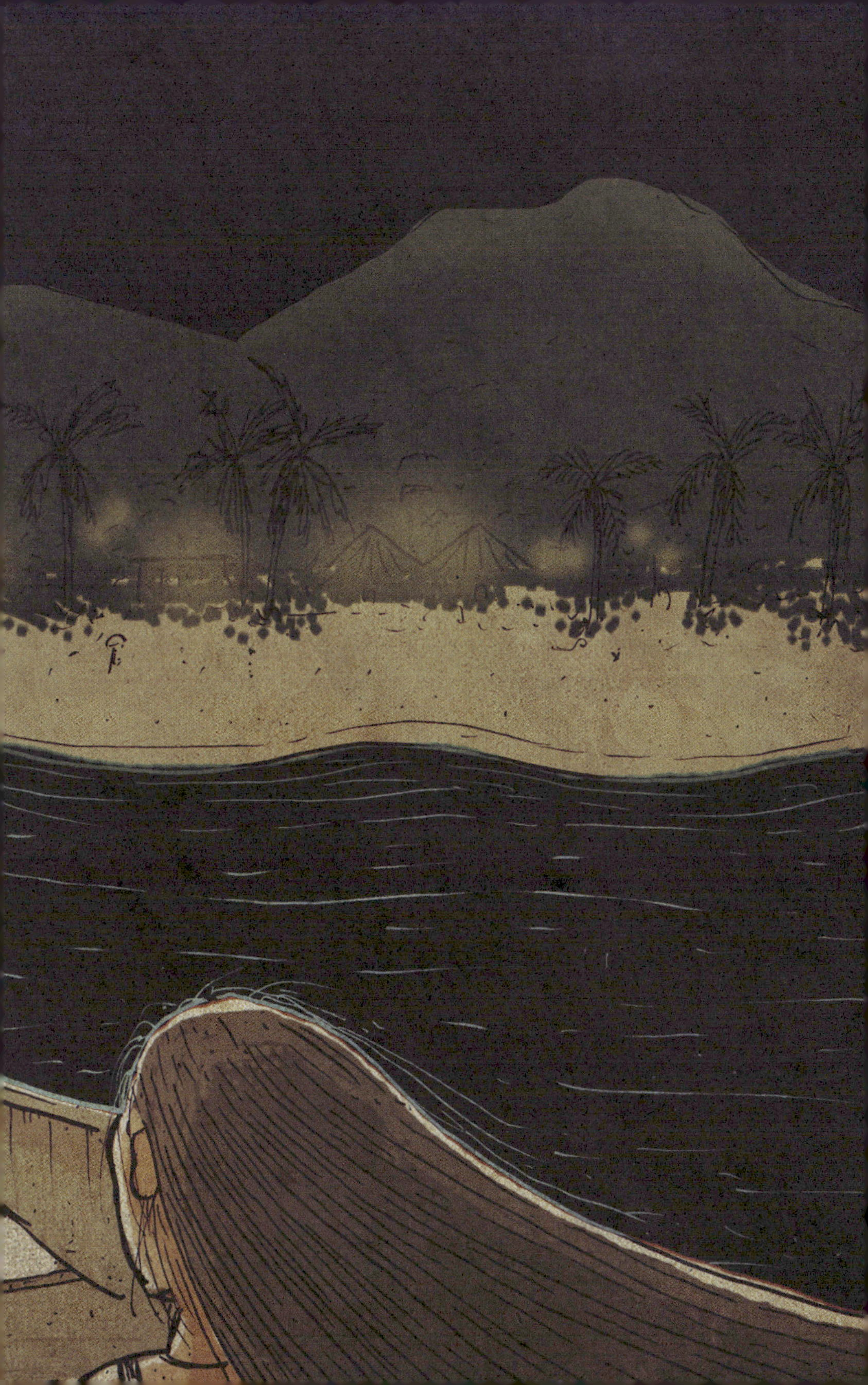

E hoje eu vou constelar poesia, pois elas são feitas do **pó de brilho das estrelas** que moram nos seus olhos.

E no meio da **calmaria instável** de todas as paixões eu me encontrei. Lá estava eu, boba, com aquele olhar abobalhado que só os apaixonados carregam me perguntando quando a gente ia se ver de novo, mesmo sabendo que seria daqui a quatro horas.

Você me faz esquecer que **outros mundos existem** e possam existir.

Sabe esse lance de amar? **Ame**. Sem defesas, sem vergonha, nu e divino aos olhos do mundo. Amor é pra ser demonstrado em praça pública. Nunca guarde amor... **plante sementes, distribua por aí**. Já ouvi dizer que salva vidas.

Eu morreria por momentos de amor. Daqueles bem vividos, sabe? Que marca a alma da gente e faz a gente não esquecer jamais.
São momentos de conexão com o amor em que você é só você e o amor está ali. Conexão sempre será amor e amor, sempre será tudo que buscamos.

Com você eu amo, amo e amo como um mar sem fim. Só agora, meu amor, eu entendo porque sempre compararam o amor a infinitude.
G.M.

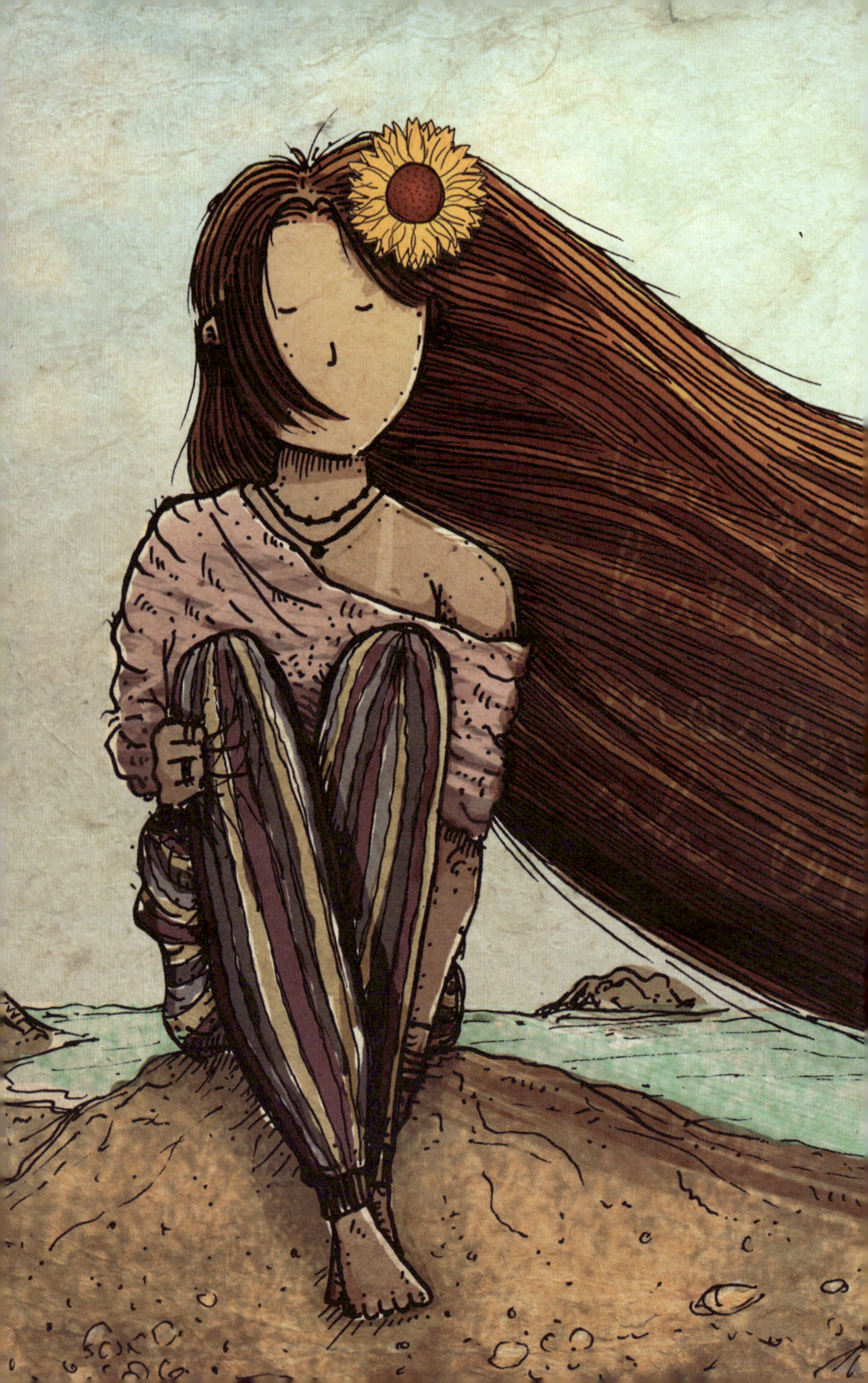

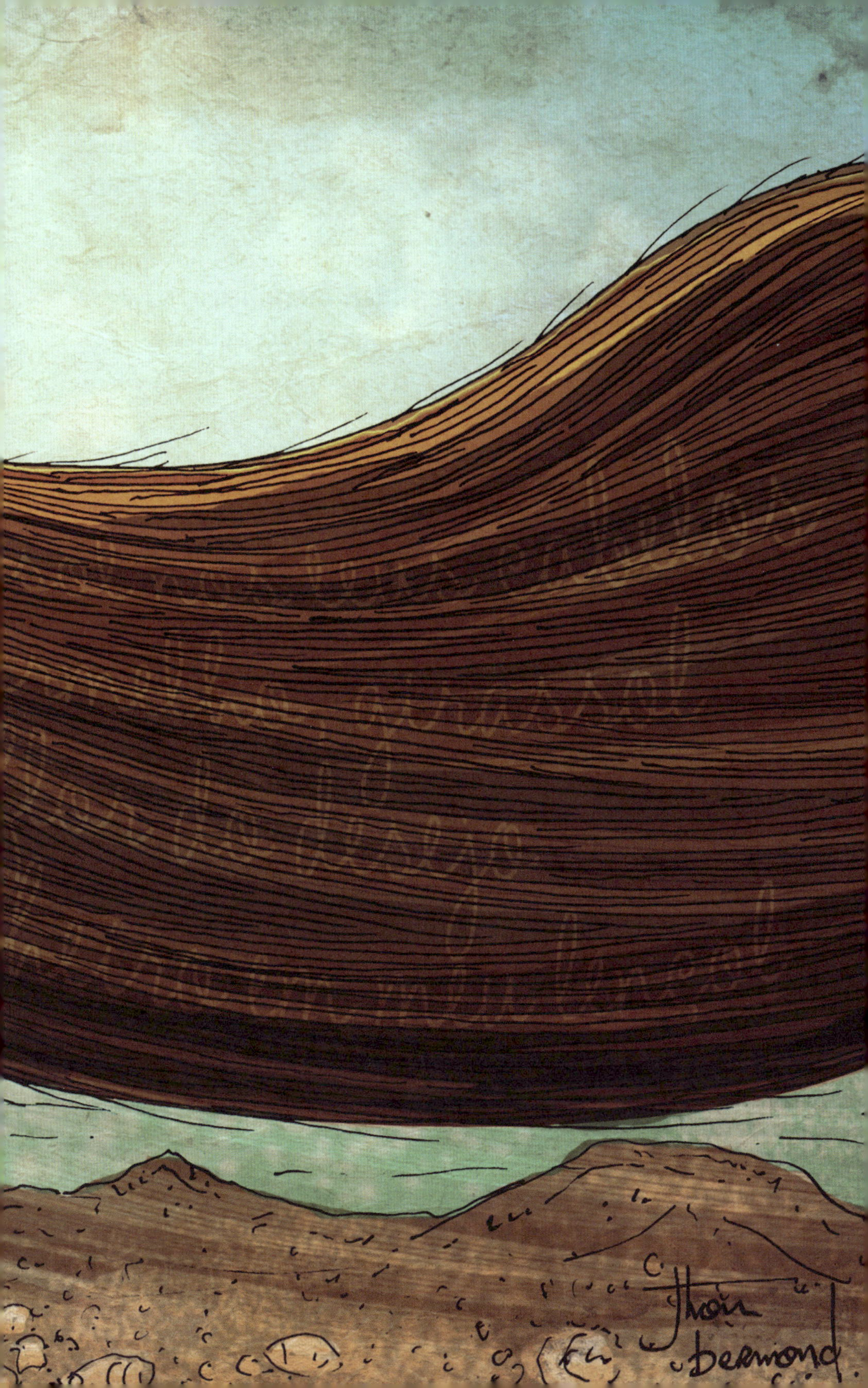

Porque o a(Mar) sempre me fascina? Não sei se é a infinitude que os dois revelam à primeira vista, ou até mesmo suas marés cheias de instabilidades. Acho que **o fascínio vem da ilusão do mistério de estabilidade**... porém, temos que nos lembrar que **mar calmo nunca fez bom marinheiro**. Navegue, sempre... com turbulência ou na mais pacífica calmaria.

Ah, os dias vividos de dois amantes apaixonados. Cura qualquer mal. Faz esquecer do mundo em um segundo.

Faz o mundo sumir num abraço, se amar em um beijo e ser feliz em um encontro profundo, bonito e conectado.

Palavras são poucas para descrever esses momentos... e acho que de alguma forma sempre serão. Porque estão além das palavras.

Eu só sei que esses dias são dias vividos no paraíso. Viva o amor dos amantes.

Viva o amor. Ame, até a última gota. Ame, até descobrir o oceano em si.

Gente bonita é gente que liga na manhã seguinte. E no dia seguinte. **E na noite seguinte. Gente bonita é quem pergunta como foi seu dia. Gente bonita é quem se preocupa com você de verdade e quer saber como você está.** Gente bonita faz questão de te abraçar e beijar na frente de todo mundo. Gente bonita coloca gentileza, respeito e sinceridade em primeiro lugar. Gente bonita gosta mesmo de você. Gente bonita quer estar junto não importa o quê. *Gente bonita quer estar contigo mesmo em dia ruim. Gente bonita arruma tempo pra te ver, mesmo às vezes estando cheio de problemas. Gente bonita compartilha com você a vida, a história. A família, os momentos.* Gente bonita não te deixa na mão, e é fiel no que fala. *Gente bonita tem compromisso mesmo não tendo compromisso algum.* Gente bonita te quer bem. Gente bonita cuida de você. Gente bonita já falou de você para todos os amigos. Gente bonita te apresenta pra todo mundo. Gente bonita quer estar junto. E sem mimimi, sem enrolação, sem molecagem. Gente bonita é gente firmeza, que não deixa você (e nem seu coração) na mão. Gente bonita é isso. O resto é história pra pescador contar.

Quem foi que disse que é fácil sobreviver a uma paixão?
Quem foi que disse que é fácil viver uma paixão?
Ainda bem que eu não gosto de coisas fáceis, mornas e monótonas. **Ainda bem**.

E de alguma forma *minha estranheza* se encontrou na *estranheza dele* também.

A gente, amor, é assim, queremos sempre mais da vida. É isso que de alguma forma nos une. Somos, como falam, inquietos. Queremos sempre, de alguma forma, mais. Ficar acomodado não combina com a gente. A gente gosta mesmo é de correr atrás, trabalhar, se esforçar e aprender. E evoluir. E seguir em frente com ânsia de mais. Nisso, temos lá nossas habilidades. Não esse mais mesquinho vazio do dinheiro que nós dois sabemos bem que nada traz. Mas, mais da vida, amor. Queremos sempre sentir o gosto da vitória justa suada escorrendo por nossas almas e corações. **E como a gente é intenso e como a gente ama. Um amor intenso como uma força que também só aumenta e quer sempre mais espaço. O que nos obriga a abrir espaço, dar as mãos pra ele e caminhar e aprender juntos.** E abrir espaço implica jogar fora o que não serve mais e o que atrapalha o nosso caminho. Essa é a função do amor, pelo menos pra mim. **Ocupar espaço para ser e ensinar e nos obrigar a fazer a limpeza e reforma interna que sempre precisamos.** Você, pra mim, é como o amor se manifesta. E isso é mais do que eu poderia falar pra alguém. Você, amor, é como Deus fala comigo, me dá a mão, cuida de mim e me lembra que sempre é tempo de recomeçar, ir atrás e começar de novo, seja como for, seja de onde estiver, com a humildade que só os mais nobres reis são capazes de ter, **você me ensina a cada dia como ser melhor pra mim, e principalmente para o outro.** Eu ,amor, te amo. Com aquele amor doce e por isso mesmo forte, como as ondas do mar que tanto gostamos de ver quebrar nas mais belas paisagens.

Essa coisa nossa de querer sempre mais. Mais vida. Só isso.
Mais vida, vida minha.

Acho que você não sabia, mas aquela era a parte mais **verdadeira** de mim.

É bom amar. Mas sabe o que é melhor ainda?
Amar mais.

Talvez não seja você. Mas os meus olhos **- e minhas vivências - que estejam com problema**.
(e vice-versa)

E naquele dia, o mundo se acabou em nós dois.

Gente amada é gente feliz.
Amem, até não sobrar mais nada.

Se ame, por inteiro, não deixe nada de fora. Cada pedacinho seu é morada sagrada (de Deus), do que há de melhor dentro de si, do seu espírito, da natureza. **Ame, cada pedacinho**, não deixe (mesmo) nada de fora. Se ame por inteiro. Sempre.

✧

O **ter que fazer sentido** não combina muito com os sentimentos.

✧

Lembre-se: o amor é, por si só, livre.
Ninguém gosta de viver numa gaiola.
A tudo que você livre deixar, a ti poderá voltar.
A tudo que você preso deixar, de ti fugirá.
Essa é a lei da vida.

✧

O amor me faz acreditar nos pequenos milagres.
E todo mundo sabe, ou deveria saber, que são eles que realmente importam e nos dão a motivação de seguir em frente.

✧

A busca, essa sim, é solitária. Mas a felicidade – essa nasceu para ser compartilhada.

✧

Plante sementes de amor e nutra de onde estiver.
O importante é plantar.
A colheita é consequência.
O importante é viver esse amor todo, é ser amor. Ser amado, ser humano, amar.

⋦⋧

O amor abre caminhos. Sempre.
O amor e a fé são os verdadeiros abridores de caminho.
Sem eles, ninguém passa.

⋦⋧

A maior dor do ser humano é não conseguir amar.
O maior desespero do ser humano é não conseguir amar.
Quem não consegue amar não consegue receber amor, não consegue perceber amor, não consegue ser amor. E dor maior que está, não há.

⋦⋧

Não importa o que aconteça com você, quantos tombos e rasteiras você leva da vida. Não deixe nunca de amar:
Essa é a joia mais rara e preciosa que temos por aqui.
Não deixe de usá-la. Não a desperdice.
Ainda é tempo. Ainda há tempo.

⋦⋧

Tudo é purificado pela energia do amor.
Tudo, ouviu bem?

E agora, José?
Agora eu me visto com os **braços da aceitação,** e nela me abraço. E junto, **calço os sapatos da realidade,** nos quais tenho que aprender a caminhar.
(**E o coração?** Continuará lá, **batendo forte** como sempre.)

E naquele dia, o mundo se acabou em nós dois.

Eu te amo. O problema é aquele velho –
quase arcaico e presente – de querer-te pra mim.

E quanto a dor de um amor que passou:
Dê tempo ao tempo, mas não se demore na chuva.

O amor te salvará de qualquer tempestade,
de qualquer queda, de qualquer abismo.

C(alma), a alma pede.
Corra, o mundo diz.
Confie, o coração fala.
Duvide, o mundo diz.
Ame, tudo pede.
Tenha medo, o mundo diz.
Ame, tudo pede.
Ame – mesmo assim, o mundo (um dia) vai aprender a dizer.

Amo-o como é, **livre como quiser ser, livre como quiser estar, livre como é**.
Se assim deixar de ser, **acaba-se o amor**.

Solidão

Por tantos anos tentei te evitar
Fingir que não te via
Correndo de você mesma atrás de todas as paredes possíveis
Fingindo a mim que nunca a havia visto
Mas todas as paredes um dia caem
E todos os nomes bonitos e singelos que eu coloquei para te

mascarar de repente não eram mais tão doces assim.
A fantasia havia se desfeito.
E você se mostrou a mim, só, solidão.
E eu pude finalmente entender o porquê de tanto buraco dentro de mim.
Era só você cavando espaço para se esconder e não mostrar as caras para as paredes não caírem.
Mas elas caem.
E agora, estamos aqui, solidão.
Tentando entender que eu também estava fugindo de mim mesma.
Com tanto medo de me aproximar de certas barreiras e alguém que ao teu lado, sem querer e nem saber, fiquei.
E sofri. Porque você dói. *Seus buracos solitários doem. Seus vazios arrasam tudo por onde passam, como se nada tivesse, talvez porque nada tenha mesmo.*
Porque de tanto te mascarar não pude te compreender, solidão.
E entender o recado que constantemente me enviava, mas eu, surda, não conseguia nem tinha como ouvir.
Era simples. Eu só precisava sair do casulo e destruir com marreta os muros que construí ao redor de mim. E deixar o mundo entrar e preencher os vazios que você deixou.
O que eu deixei você fazer por não ter coragem de te encarar e te mandar embora?!
Você pode parecer um porto seguro às vezes, mas é só ilusão.
Ninguém vive bem sozinho, não fomos feitos pra isso, solidão.
Eu já rompi o muro, já deixei o mundo e, principalmente, as pessoas aqui fazerem morada. Não foi fácil.

Mas o mais difícil foi perceber que esse tempo todo era você, se escondendo com as máscaras que eu lhe punha nome.
Por isso nunca gostei de máscaras.
Mas tinha (e tenho) tantas e nem sabia.
Você é só, solidão, mas ainda é uma professora paciente, daquelas que ficam até o aluno aprender a lição e não precisar mais dela.
Eu espero ter aprendido.
Apesar dos muitos anos de convivência, sua função não é deixar saudade, mas sim, abrir-nos o coração.
Da sua companheira de outros tempos,
Agradeço.
E sigo em frente, *amando*, escancarando portas, muros e janelas como se não tivesse amanhã.

Se o amor não ensinar, a dor ensina.
- A dor ensina.

O amor nunca o deixará cair.
E se cair, ame.
O amor lhe guiará de volta.
G.M.

Não o olhei bem fundo nos olhos naquela fatídica noite porque não conseguiria fazer com a **profundidade** que estamos sempre habituados.

E eu não sei mentir.

E eu não queria obviamente revelar esse misto de sentimento, ou qualquer sentimento, que aqui passava.

Talvez por ser cedo ou assustador demais. **Não sei ao certo.**

No fundo eu acho que tenho medo de revelar o que sinto.
De que me acostumei rápido demais com a sua presença dentro do meu abraço, do meu cafuné e do lado da minha cama.
Essa é a real.

Não economize no amor. Doe, em grandes escalas.

Das coisas todas, essa é a única de livre caminho e quantidade. **Para o amar e o amor, não há limites.**

Não se preocupe. **Para quem dá, nunca faltará.**

E hoje eu digo,
sem amor não dá para viver.

E sigo sabendo que amar é nossa única razão de existir.
E que essa frase é mais profunda do que a gente possa pensar:
Porque o amor está além dos pensamentos.

❦

O mal e a ganância do poder são
verdadeiros sinais de fraqueza.
Só os fortes conseguem amar.

❦

E essa colcha de retalhos que me esquenta hoje,
eu mesma costurei.
De tantos corações partidos, não faltou foi tecido pra fazer
(tudo) ficar **quentinho de novo.**

❦

Dói aceitar que o outro não é do jeito que você queria
que ele fosse, ou pior, achava que ele fosse. **Dói.**
Daquelas dores de rasgar o peito.

❦

O amor é a **droga mais viciante**
que você poderá provar.

❦

Enquanto tivermos amor, estaremos bem.

∽

Quer aprender a amar? Ame.
Quer ser amado? Ame.
Quer ser feliz? Ame.
Quer entender o sentido da vida? Ame.

∽

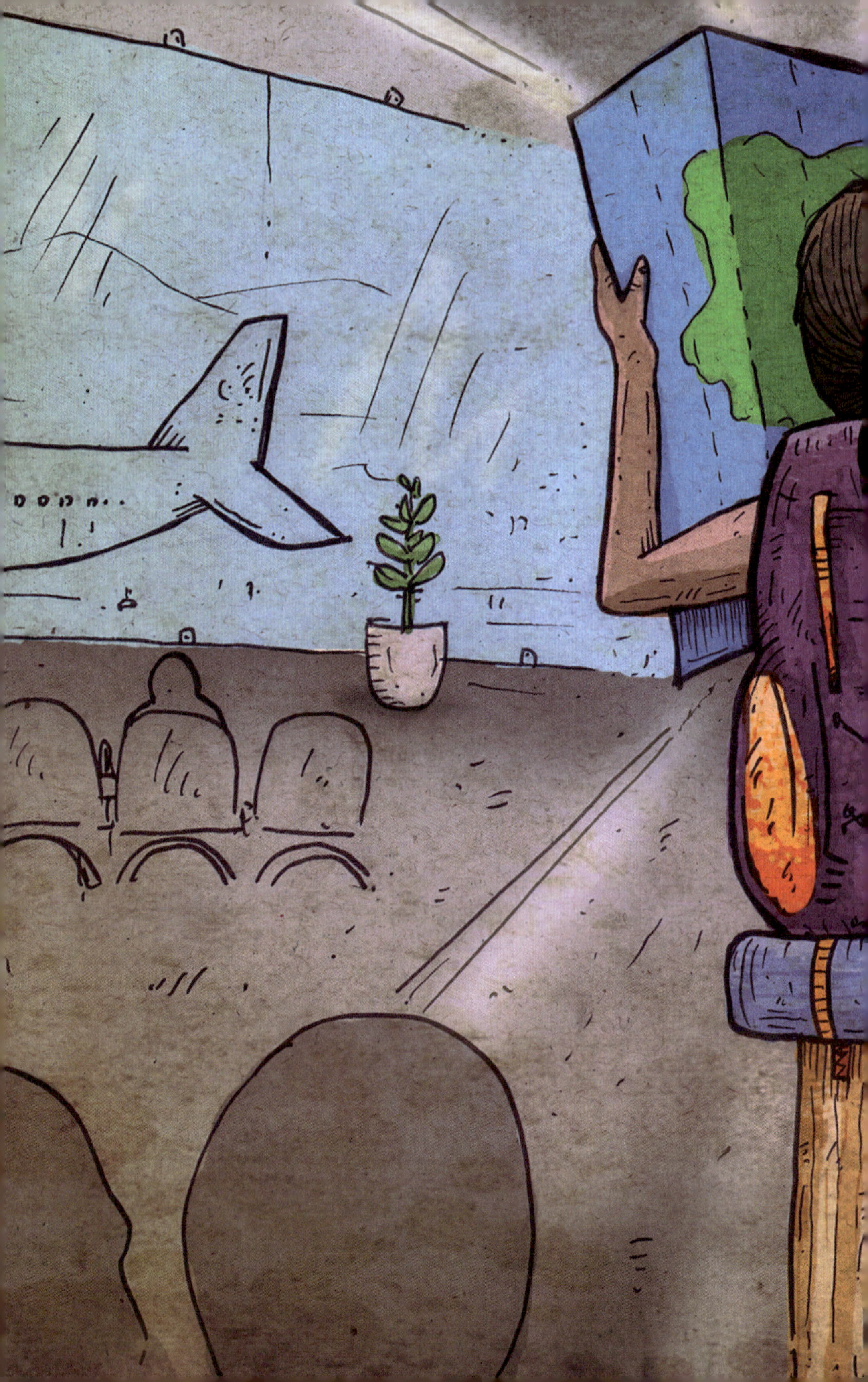

PASSAPORTE

@Sobre viajar

O que seria a viagem se não uma oportunidade de olhar a si mesmo por outros pontos de vista?
 O se permitir a estar em outros lugares e se abrir a conhecer novas formas e maneiras de ver o mundo?

De sair um pouco da costumeiro, do lugar-comum, da rotina, da zona de conforto, do velho conhecido que se criou a si?

No fundo, viajar é, em si, uma grande jornada de revelação de si mesmo.

Um lugar só não me basta. Eu preciso de pluralidades, novos continentes, atravessar limites (mesmo que imaginários), estar em dois espaços ao mesmo tempo mesmo que ocupando só um. **Eu preciso de pluralidades**.

Viajar faz a gente se sentir pequeno. Nos faz ver o tamanho da nossa ignorância, a dimensão de tudo o que não sabemos e não vemos ainda. Faz a gente sair dos nossos pequenos certos e errados e a olhar a nós mesmos através das diferenças alheias. Aprendemos a respeitar o que é diferente, a aceitar o outro como ele é. Faz a gente aprender lições que nenhuma escola poderia ensinar. Nos mostra como somos humanos, apesar de todas as diferenças, nos faz ver que o longe vira perto, o difícil fica fácil e que opções nunca vão faltar.

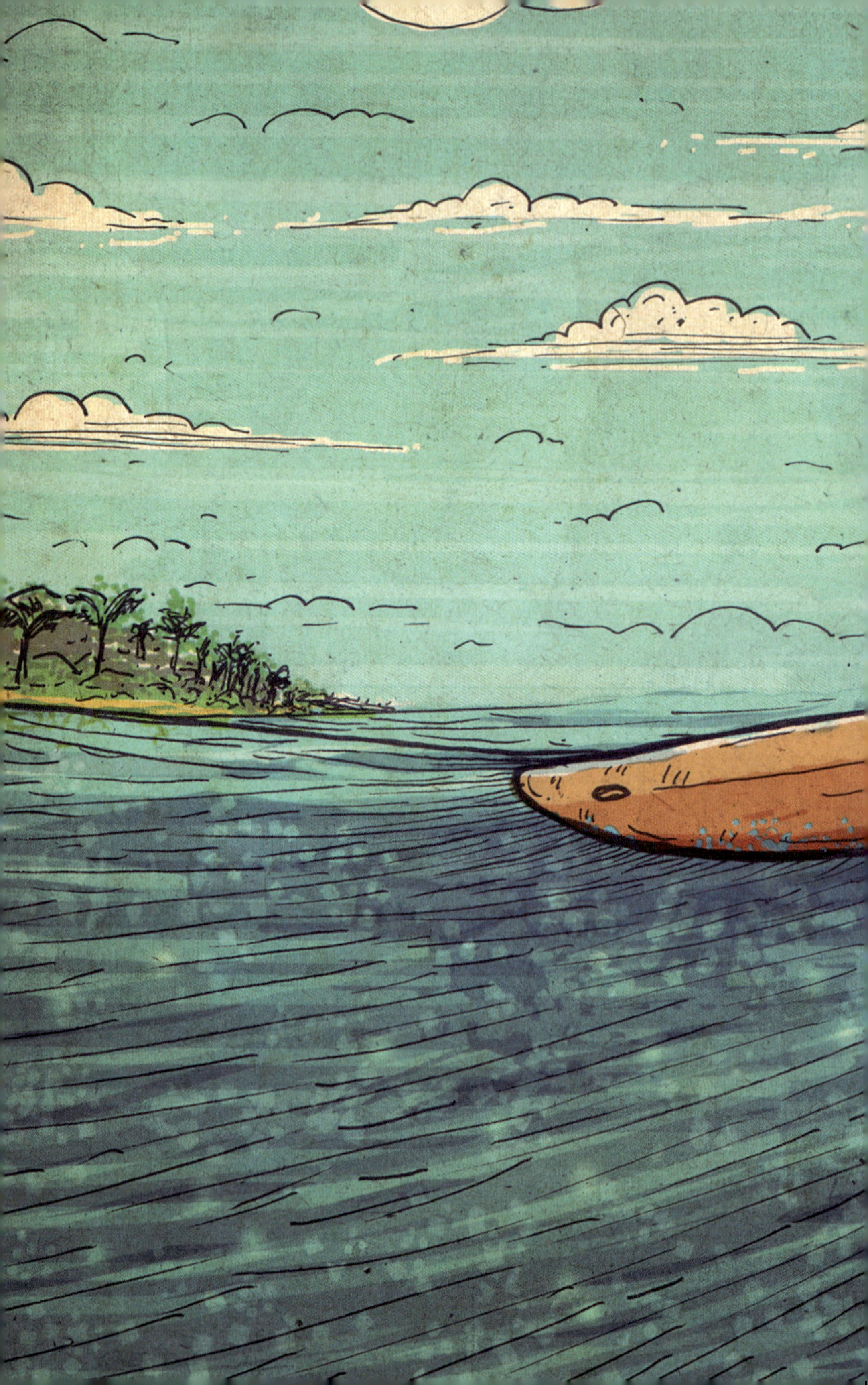

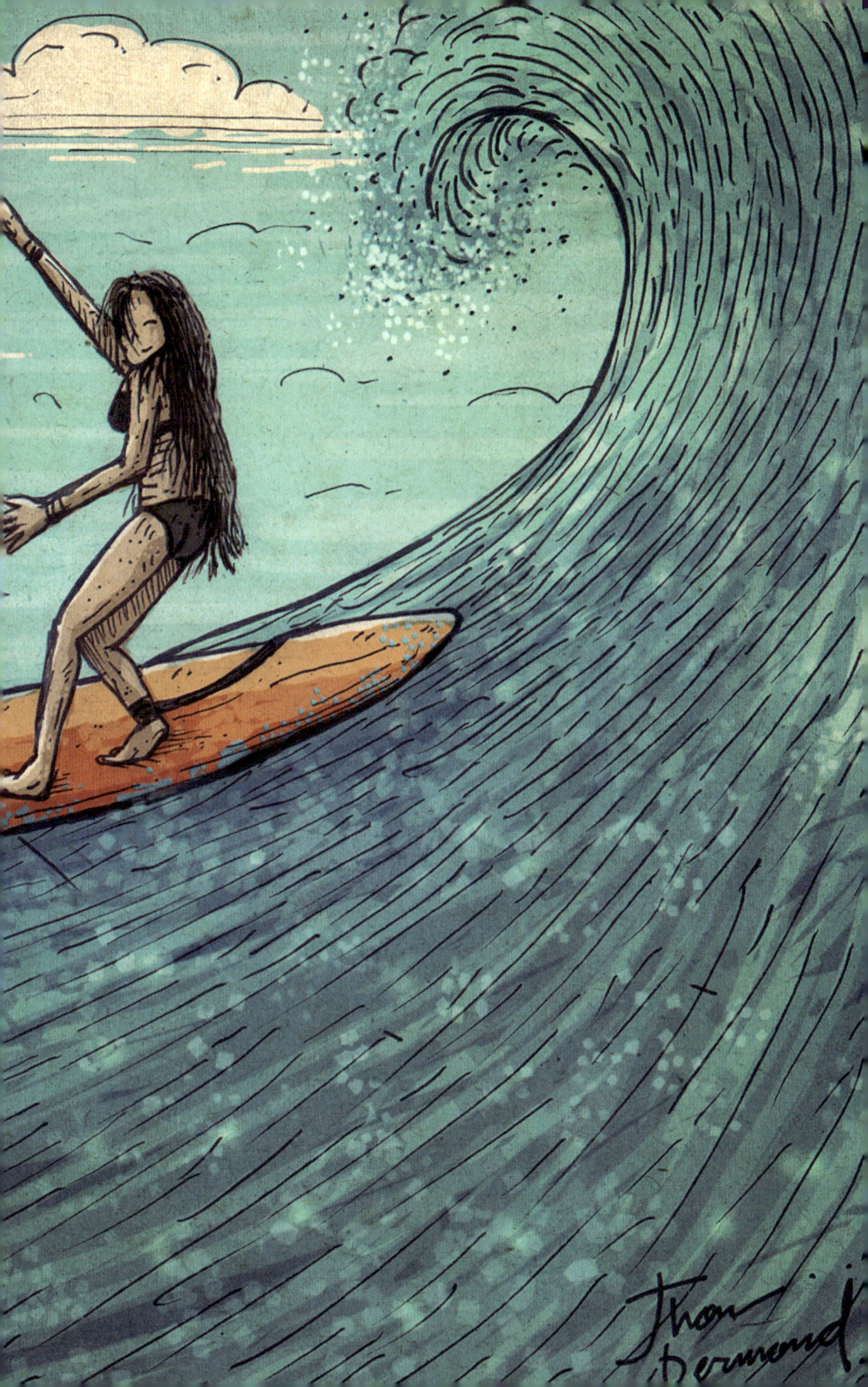

Muitos pensam que é fácil ficar viajando por um longo tempo, que não há problemas e que a vida é sempre mil maravilhas. Mas não é bem assim que funciona.
Quando você transforma sua viagem em uma jornada, tudo muda. Você sai para buscar respostas e **encontra mais perguntas.**
Encontra novos caminhos e possibilidades nunca antes pensados e que você nem sabia que estava procurando. Mas estava tudo lá, **esperando você chegar no lugar e na hora certa.**

Eu tenho fé na humanidade.
Nesse sentimento bom que há em cada um de nós, mesmo que não dê as caras sempre.
Confiemos e a confiança lhe será devolvida. Doemos e a doação será recebida. Acreditemos e a crença se faz por si.
Não desistamos jamais da humanidade, da bondade, da reciprocidade. Acredite, ela existe.
Quer sentir na pele? Viaje...

Nós, os viajantes
O que temos a compartilhar? As saudades que deixamos espalhadas por aí e que carregamos dia a dia no peito.
Dói. Mas é uma dor leve, quase boa, de quem sabe que viveu intensamente, que se abriu e se permitiu compartilhar-se.
A dor dos fortes que têm coragem de desbravar esse mundo e deixar um pouquinho de si por aí.

Só Viaje

Não pense duas vezes
Não deixe o medo roubar sua
coragem pegue suas coisas e

VÁ | Acredite: o ir é mais
importante que o voltar.

G.M.

Sobre viajar (#wanderlust)

Confesso que será estranho não carregar mais o *mundo nas costas, o passaporte na mão e o próximo destino* na cabeça.

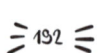

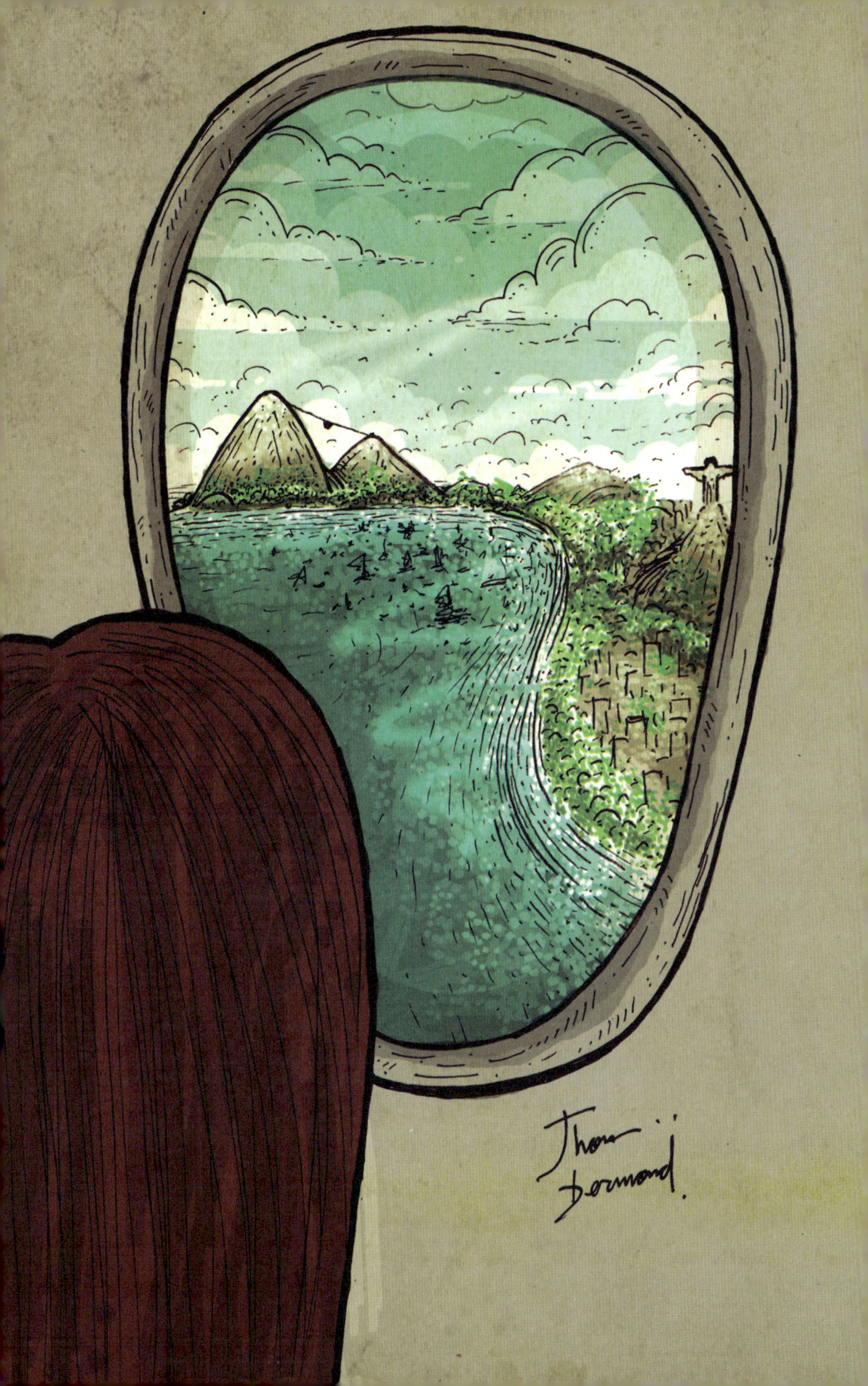

Em uma cachoeira na Costa Rica depois de uns bons meses na estrada, eu senti a nostalgia e saudade de casa. Imaginando os exilados da ditadura sem poder estar em sua terra natal com uma dor absurda no peito, querendo ardentemente sua música, cultura e povo. Esperando a qualquer esquina ouvir a língua-mãe e se sentir um pouco mais em casa... como se tivessem separado um pedaço seu. Mesmo viajando, a busca por algo que o leve às suas raízes acontece de um jeito ou de outro, **faz parte de você**.

É preciso, sim, viajar! **Como vamos saber o que queremos dessa vida se não conhecemos todas as opções?** E de viagem aqui eu falo, não necessariamente de andar de balão na Turquia, mas de viajar além de formas... dentro de você, dentro dos outros, dentro da sua própria vida. **Às vezes, fazer um caminho diferente do que já se está acostumado já é fazer uma viagem enorme.**

Cidade grande, definição:
Uma cidade onde gritos de socorro são ignorados em plena avenida.

Cidade grande, definição:
É um grande **encontro de desconhecidos**.

Cidade grande, definição:
Onde todas as tribos se trombam, mas não se encontram.
Se encontram, mas não se misturam.

Cidade grande, definição:
Há beleza e tristeza aqui.
(Mas eu não troco meu céu azul e minha mata verde por nada)

Não interessa quantas viagens incríveis você pode fazer, o importante é **ter pra quem voltar**.

Quando viajamos, a sensação é que o passado não existe ou pelo menos não tem importância agora, e que um futuro maravilhoso e cheio de aventuras espera pela gente. **Viajar é dar uma pausa na vida**, pra depois **começar um novo capítulo, talvez até em outro lugar.**

E de repente, não mais que de repente, **ela abriu a janela dos sonhos e partiu.** Sem data para voltar.
Porque tem coisas e decisões que precisam mesmo ser tomadas de repente, **não mais do que de repente. Sem olhar pra trás.**

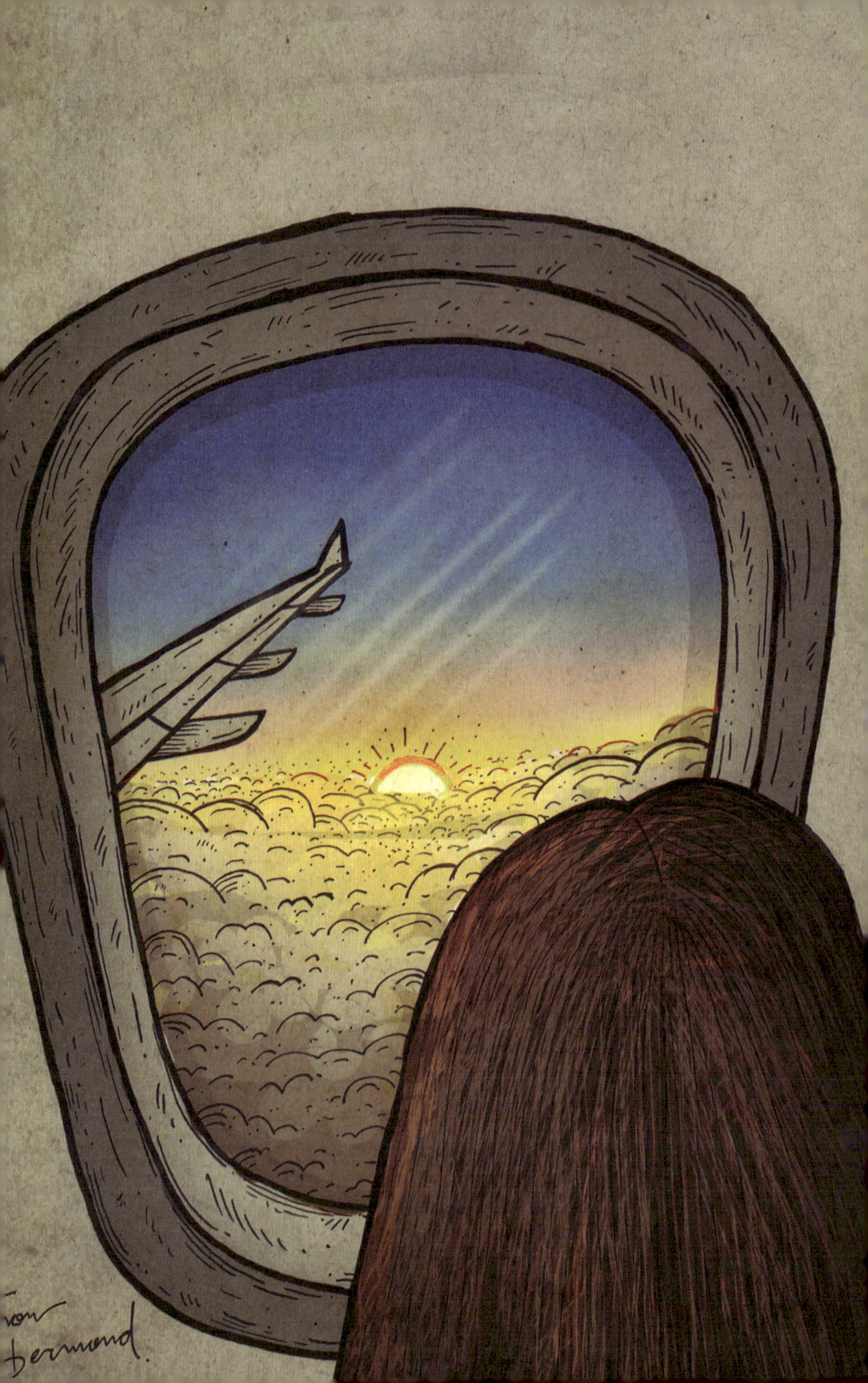

O que faz a gente ter o sentimento de estar em casa em si? Já me senti em casa em tantos lugares diferentes. Acho que são **as pessoas, o afeto, a identificação, o laço, a conexão**. Acho que já sei... estar em casa é estar bem com você mesmo, aí qualquer lugar pode ser sua casa. Honre sua casa, seu corpo, sua mente e seu espírito.

E se sinta em casa em qualquer lugar...

Viajar me fez ter mais amor por mim e pelo mundo. **Me fez comemorar as pequenas conquistas.** A agradecer por tudo. Afinal, na estrada tudo vira obra do acaso. (Essa forma simplista de chamarmos Deus.) Desde a carona inesperada, a uma cama quentinha pra dormir, uma comida caseira feita com amor, um lugar no ônibus, uma boa companhia e as sempre presentes coincidências.

A gente nunca sabe o que nos espera por aí... não importa quantos planos façamos. O acaso sempre vence e é maravilhoso que seja assim. Viajar nos ensina a viver o momento, a doce e arrepiante sensação de não fazer ideia do que vai acontecer no momento ou dia seguinte **faz você aproveitar muito o momento presente.**

Viver viajando é viver com saudades.
É se acostumar a ter a saudade como a mais fiel companhia.

E aquela mochila acabou virando um fardo que eu carrego... **Quando eu puder viver livre sem ter que depender de nada?** Livre, sem vergonha como um índio à beira-mar? Com somente a vida nas mãos?
[É tanta coisa que a gente carrega...]

Viajar pode ser uma das melhores maneiras de se descobrir e se conhecer, mas também pode ser uma das melhores maneiras de fugir de si mesmo. **Cuidado, armadilhas à vista...**

Viajo porque preciso. Simplesmente não sei ficar parada. **Eu preciso do movimento, do ir e vir. Do chegar, partir.** De paisagens diferentes. E da nostalgia póstuma dos lugares idos. **Esse é o meu equilíbrio, estando em movimento.** Como andar de bicicleta, mas nunca parar.

Olhando um prédio gigantesco em Nova York me veio a explicação de porque monumentalidades da natureza me deixam tão encantadas e em estado de êxtase ao mesmo tempo que me sinto tão pequena, mas ao mesmo tempo parte de tudo.

É que diferente das montanhas mágicas do Havaí, eu consigo visualizar e saber como aquele prédio foi parar ali e por quê.

Alguém quis um prédio, contratou uma galera e construiu. Ok, faz sentido e é isso.

Mas como explicar a misteriosa explicação da existência de uma montanha gigantesca?

Como saber quem foi que teve a intenção de colocá-la ali? Naquela forma e cor? Naquele tempo e espaço? É esse mistério que me faz delirar. Que me faz suspirar diante de tanta beleza e tantas perguntas sem resposta.

Alguns biólogos e cientistas mais céticos podem tentar explicar falando que foi um terremoto e tal e pá! A montanha cresceu ali.

Mas tem algo além. Algo que fenômeno nenhum explica... A existência, a vida em si. Por que essa montanha escolheu ser verde? E não roxa? Por que triangular? Por que hoje? Quem decidiu tudo isso?

Acho que a graça está em não saber, em não fazer a menor ideia. É o desconhecido que encanta! Acho que no dia que eu souber vai perder e a graça e virar algo mecânico tipo os prédios repetidos e perdidos de Nova York.

O bom mesmo é poder sair aí fora por esse mundão sem planos e sem destino. Somente o passaporte na mão, a mochila nas costas e a vontade de viajar na alma e no coração sem igual. E assim, seguimos. *Sempre à procura do próximo destino, da próxima aventura, da próxima experiência que fará com que a gente reflita tudo que está vivendo e vá cada vez mais ao encontro de si mesmo.*

Viajar faz você repensar toda sua vida. Não tenha medo. Pode ser perigoso... **e se você não quiser mais voltar? E se você descobrir que há novas e melhores formas de viver?** E se, de repente, casa não represente mais um só lugar nesse mundão? Aí eu vou te dizer: bem-vindo!
Mais um viajante no mundo!

MUNDO.
(Nuestra Casa)

A natureza oferece tudo pra gente. E quando não está "pronto" dá o material para fazê-lo!

Qual foi o ponto na nossa história que paramos de aproveitar toda essa riqueza natural já pronta e passamos a buscar fontes surreais como um líquido preto embaixo do solo?

Pra que plástico? É possível fazer tudo com material orgânico! Cesta, pote, copo...

Na cultura polinésia, o coqueiro é chamado árvore da vida porque eles aproveitam todas as partes da árvore! A água de coco, a carne, a casca do coco vira copo, prato e cumbuca depois de raspado, do leite de coco se faz o óleo que serve de protetor solar a repelente e combustível. Da folha se faz cesto e parede com trançado, e do tronco se faz até roupa e colchas!

E tudo isso depois que não tiver mais uso não vira lixo. Vira ingrediente de composto porque é tudo natural e orgânico como sempre foi e sempre deveria ter sido.

A natureza é perfeita e deu tudo pra gente. Quando foi que paramos de ver isso e começamos a arranjar soluções não naturais para viver? Quando foi que nos desconectamos e começamos a nos separar da natureza? A ficar com medo de ir pra selva? A achar que precisamos de proteção pra estar em contato com a floresta como se não fizéssemos parte dela? Quando, meus Deus?

(E quando iremos nos reconectar com algo que sobrevivemos, vivemos e somos?)

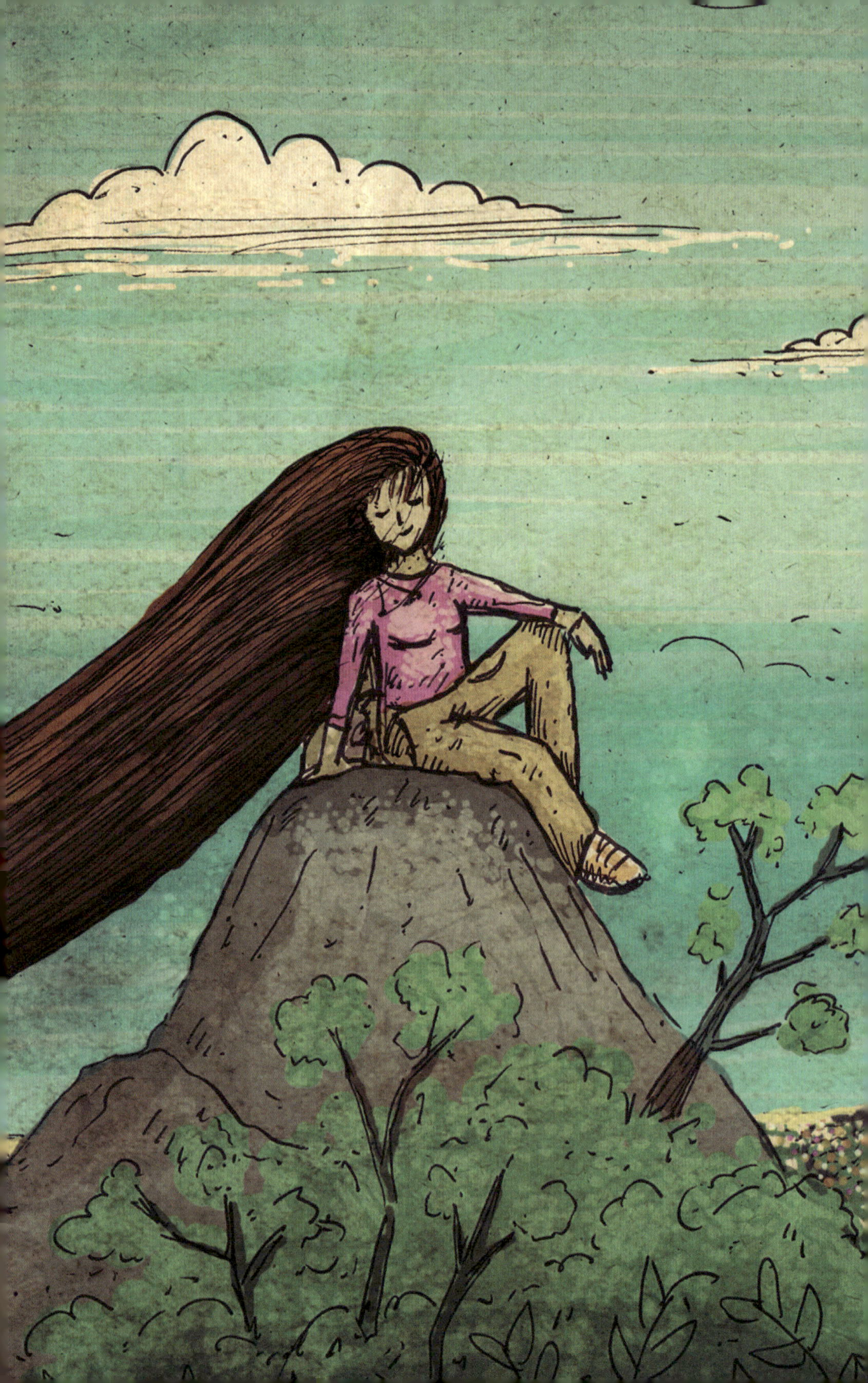

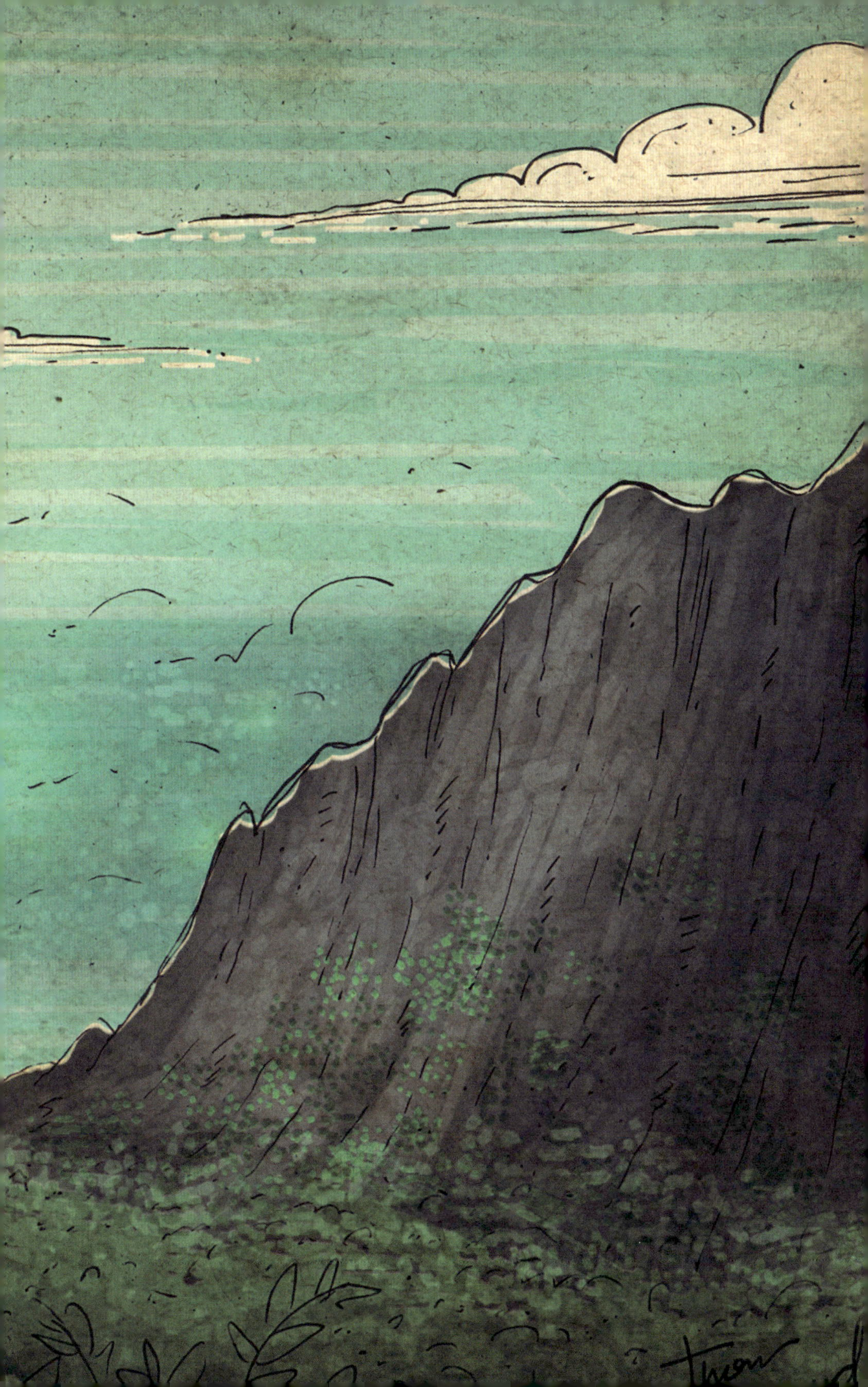

Mais importante do que quantos carimbos no passaporte é **quantas viagens você realmente viveu**. Há pessoas que viajam, mas perdem a oportunidade de aprender outros olhares e visões, de olhar mais fundo pra si mesmo, de se questionar, de se colocar no lugar do outro, de perceber o outro ali imerso em algo completamente diferente.

E há pessoas estas, minhas preferidas – sem nem passaporte, mas com tanta vivência presente na vida, que querer enquadrá-la em um simples caderninho azul seria crime.

Sou muito grata de poder apresentar nossa cultura a estrangeiros. Nós temos algo que é muito rico aqui.

Nossa alegria, celebração da vida, felicidade, afeto, força e fé que vai dar tudo certo deveriam ser realmente nosso cartão-postal. **Ninguém no mundo sabe ser feliz como a gente.**

Nós temos um poder de superação pra ficar de bem com a vida sem igual.

Isso é muito sério.

Nossa alegria deveria ser exportada. Tanta gente em depressão na Suíça. Tudo funciona, mas não sabem ser feliz.

Essa devia ser a condição básica de ser humano.

Com tudo que essa terra nos dá, com todo potencial que temos. Essa alegria que faz a gente sacudir a poeira e dar a volta por cima. Que faz nascer um belo samba da nossa dor.

Que enfrenta as dificuldades do dia a dia com sorriso no rosto e fé no coração.

E ainda agradece pela oportunidade de trabalhar, de existir, de viver. **O mundo precisa disso.**

Abrasileirem-se!

Eu fico realmente impressionada quando levo gringos pro samba e pro forró, e eles dizem que nunca viram nada parecido.

E vejo no brilho dos olhos o quanto eles queriam que tivesse isso em todo lugar.

Não só o samba, o forró, mas essa alegria de viver como se não houvesse amanhã.

Que na terra deles ninguém dança de bobeira na rua, ninguém canta junto, ninguém toma aquela cervejinha esperta no final do dia.

Que ninguém se abraça. Como assim?

Nós temos esse talento, usemos!

Por quê? **Talvez porque foi a maneira que encontramos em meio a tanto caos e sofrimento.** Aprendemos a lidar bem com ele e agora devemos ensinar ao mundo.

Que sim, a vida vale a pena ser vivida.

Que vale a pena ser celebrada e cantada aos quatro ventos.

Que o amanhã pode ser melhor.

Que tudo pode acabar em um bom samba.

Que a dor no coração vai passar.

Que a fé segura nos momentos difíceis.

Que a fé é mais importante. Mesmo.

Acho que aí está o segredo de nosso povo: fé.

Todo mundo tem algum tipo de fezinha secreta.

Tantas formas, tantas religiões, esse poder de acreditar em algo maior que nós, o que quer que seja, nos dá uma força danada.

Viver, simplesmente viver.

Sabendo que o bom da vida está no coração. No amor, no olhar ao próximo, em se ajudar.

Digo, novamente:

Abrasileirem-se!

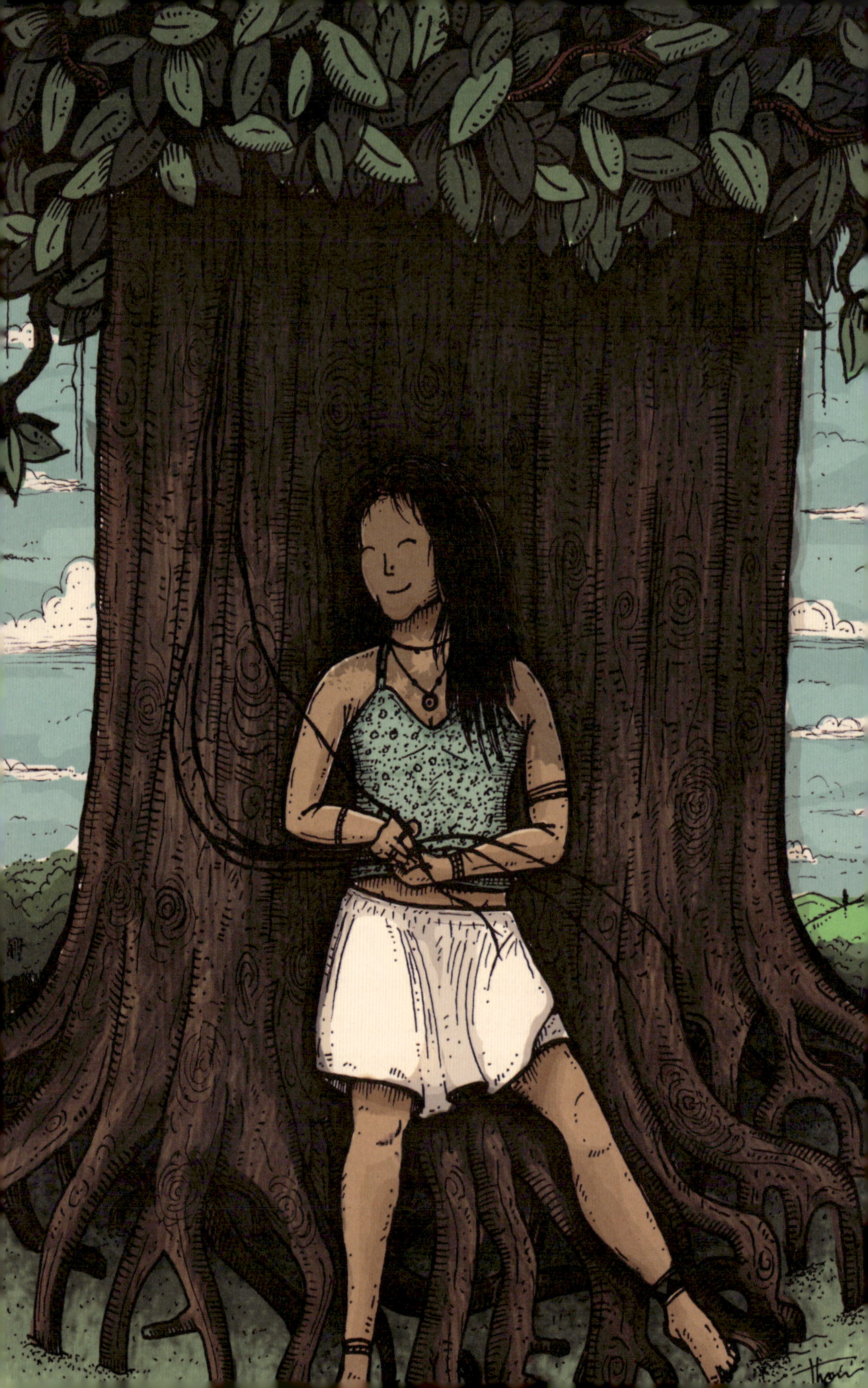
Thaís

(Desconectando para conectar)

– Em um festival de yoga no Hawaii –

Há uma certa liberdade na desconexão com as pessoas à sua volta. Você não conhece ninguém mesmo e provavelmente nunca mais vai cruzar com esses rostos novamente... então, você vê que pode se livrar de todas as suas amarras e ser o que você quiser. A *hippie* maluca dançante que você sempre internamente condenou. A alegre e contagiante viajante feliz com as pequenas coisas, a louca chorando desesperada de gratidão. Oferecendo sorrisos por aí, vê se pode? No começo dá um medo... mas, peraí, não era a conexão que fazia a gente feliz? Sem dúvida... mas você precisa se conectar com você mesmo primeiro. Se livrar de todos os conceitos, eus e histórias que você inventou pra si. Mandar um foda-se bem grande pra geral. E fazer o que der na telha, ser quem você é. Sem se importar com nada... afinal, tudo é passageiro. E o seu passado não está mais vivo nessas pessoas, só na sua memória! Se liberte. Aproveite qualquer oportunidade de viagem para se libertar dos seus padrões e rótulos. Faça algo diferente. Aja como nunca agiu antes. Tente outro ponto de vista. Vista um personagem por um dia. Quebre a rotina da mesmice... e descubra toda essa liberdade que está querendo sair voando por aí. Não se agarre aos seus conceitos... **pare com isso de querer ser sempre o mesmo ou então sempre querer agradar alguém. De querer se encaixar em um padrão.** Ao invés disso, faça um molde pra você próprio. Por que não dançar loucamente em uma aula ou festa dançante que você sempre condenou? E daí? O importante não é se divertir e ser feliz? Esqueça o certo, o errado, o melhor, o pior e o como deveria ser. Você está feliz? Se divertindo? Pulando de alegria como uma criança com algodão-doce? Então é mais ou menos por aí... o resto não importa muito depois dessa conexão.

⸙

É muito bom viajar, mas há quem diga que o lugar de pouso é muito melhor. Para depois, quem sabe, de novo partir. **A vida é feita de pausas, a música de silêncio e as viagens?** De pousos **(e recomeços)**.

⸙

Pra que viajar o mundo se não tem amor? Para quê? No fundo sempre estamos em busca de amor... aonde quer que vamos. **A busca é interna (e sempre vai ser)**. Não fuja pelo mundo afora sem levar isso com você. A Tailândia, o México e as Ilhas Filipinas não vão te ajudar a descobrir isso se você não estiver procurando por esse caminho interno. Aliás, o único possível. Tudo que é para fora um dia acaba. Tudo que é pra dentro, infinito é. **Rode todos os países, mas se você não habita dentro de você mesmo, de nada valerá.**
Quem é você? O que gosta de fazer? O que veio fazer aqui? Qual a sua missão?
Procure ter isso bem claro, ou pelo menos na pauta diária da vida. Nem sempre estamos cheios das respostas... mas estar na busca delas já é mais que suficiente por aqui.

⸙

E quando vi, saudade virou palavra comum em meu vocabulário.
Isso de viajar às vezes dá um trabalho danado.

(O que viajar sozinha por 10 países me ensinou)

Que precisamos de pessoas, de conexões reais, do sentimento de pertencer, de raízes, de construir algo que deixará um legado, de ser útil pra alguém, de ajudar os outros, ganhando dinheiro ou não. E que tudo se dá um jeito, os perrengues sempre acabam mais divertidos e com mais história pra contar do que estresse na hora, que o universo o guia e o leva aos lugares certos e a conhecer as pessoas mais sincronizadas do mundo. E que sim, há muita gente boa, generosa e incrível por aí.

Eu acho lindo quem viaja por viajar e há pouco tempo eu mesma fui essa pessoa, mas tenho que confessar que depois de dois meses o vazio dentro de mim só aumentava.

Eu estava em um lugar paradisíaco, com um trabalho nômade e o estilo de vida sonhado por muita gente.

Mas eu não estava feliz.

Eu não sentia que era aquilo que eu vim fazer aqui.

A cada dia era somente mais uma praia, mais um hostel, mais uns gringos querendo encher a cara.

Mais algumas amizades superficiais e curtas feitas porque a data de partida era sempre certa. Eu estava quase em depressão.

Programar era até legal e me dava dinheiro suficiente pra sustentar a viagem, mas definitivamente não me preenchia em nada. Era o tão desejado nômade digital *lifestyle*, mas ninguém fala do *downside*.

E voltei.

E fui em busca de preencher esse buraco revelado dentro de mim. *Ecovilas, retiros, empregos, experiências diversas. E ficou fácil descobrir o que realmente me preenche*:

Ajudar alguém. Me doar a uma causa. Fazer desse lugar um lugar melhor. Saber que estou fazendo algo que irá deixar esse planeta um lugar melhor do que quando eu nasci.

Só isso, nada mais fazia sentido.

Sim, eu tinha a vida dos sonhos, mas era vazia. Não havia propósito. Não havia sentido. Não havia lugar pra ir a não ser rodar de praia em praia.

Pode ser uma maravilha falando rodar de praia em praia, de lugar paradisíaco para lugar mais paradisíaco ainda, mas digo, um dia cansa. Pode demorar, mas um dia algo vai faltar.

O que eu quero agora é arranjar uma forma de conectar essas duas paixões.

E sozinha, por longo termo, sem propósito, nunca mais. É vazio. Porque viajar está na minha alma e eu sou um ser humano como qualquer outro que precisa de companhia e raízes e que melhorar o mundo de alguma forma me preenche. Porque de alguma forma estamos mesmo todos conectados e somos todos um.

DIREITOS INDÍGENAS

DEMARCAÇÃO JÁ!

NÃO TENHA MEDO, O MISTÉRIO QUE DÁ FRIO NA BARRIGA É O ÚNICO CARTEIRO DE COISAS NOVAS.
G.M.

@S.SERAMAREVIAJAR
FACEBOOK.COM/
SOBRESERAMAREVIAJAR

É NO FUNDO DOS NOSSOS MAIORES MEDOS QUE SE ENCONTRAM AS NOSSAS MAIORES CORAGENS.
G.M.

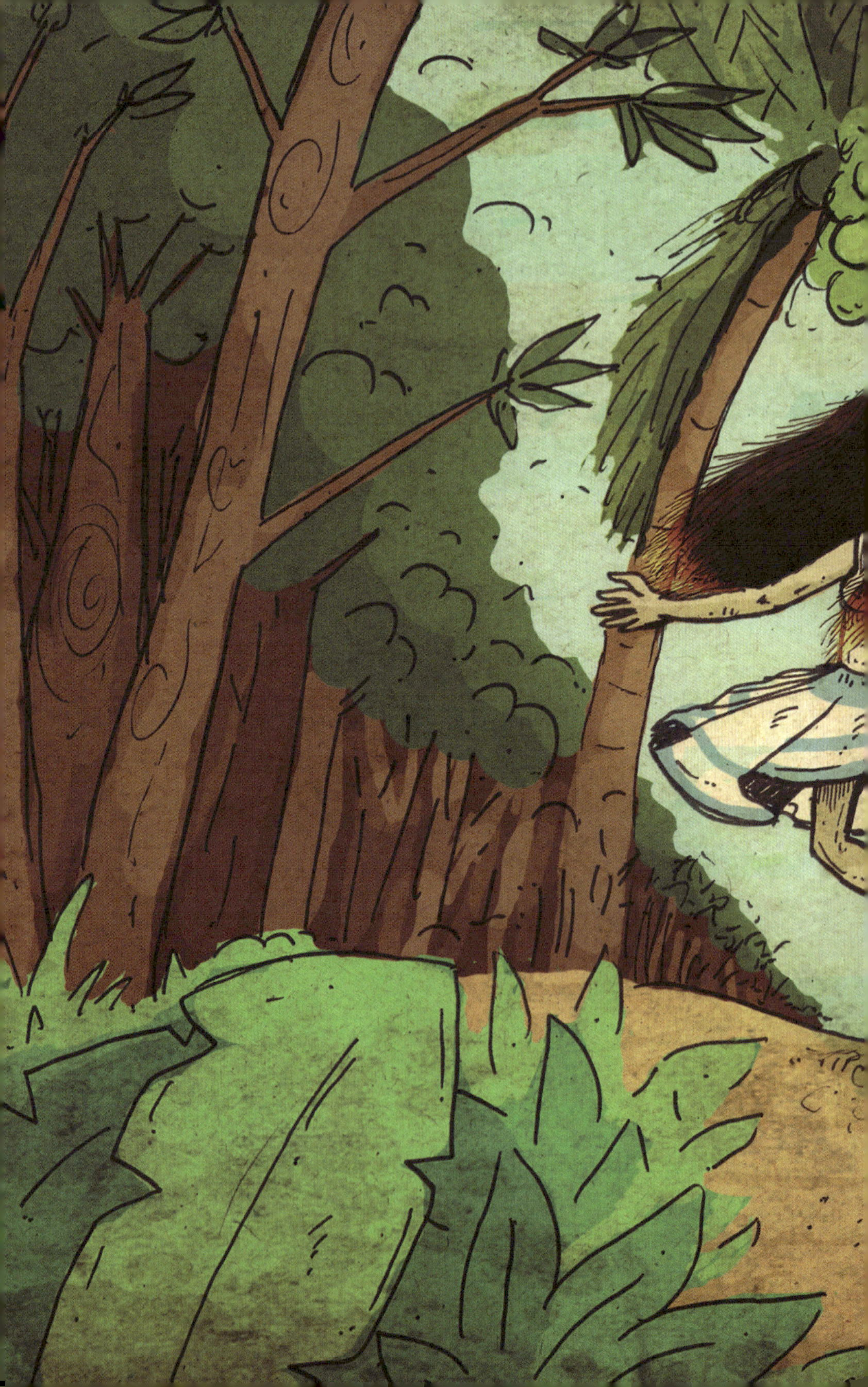

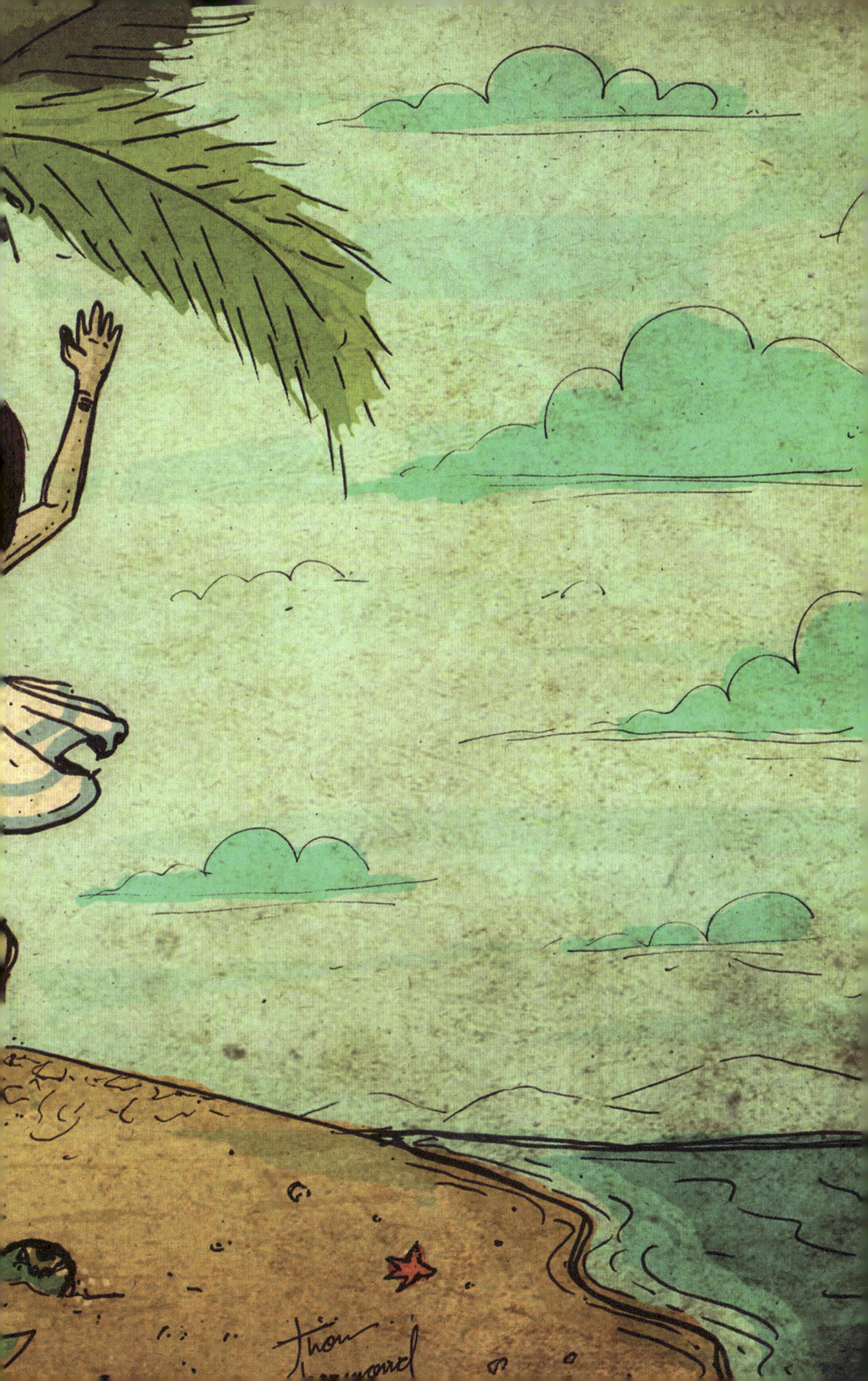

@Sobre dançar

Uma grande parte do meu ser está sempre
dançando boba e profundamente por aí.
[sem dança, não sou]

Dance, com toda sua alma.
Para que ela possa dançar com você também e revelar-se nos mais profundos passos quem você verdadeiramente é.
Para que ela sussurre nos seus movimentos a sua mais natural e velada verdade.
Para que ela lhe revele o mais secreto dos segredos, você e a sua mais verdadeira e inviolada expressão.

Deixe tudo que lhe disseram que você é, deixe tudo que você acha que você é, esqueça todas as certezas, e dance. Ela lhe mostrará o caminho. Leve como pluma que baila com a vida nos ventos de todos os lugares a voar.

Se embriague de coco, batuque-se no maracatu, se embole na embolada, baile no forró, brinque no cavalo-marinho, cante alto no samba, **saúde no jongo e seja feliz na vida.**

*Caso não adiante, repetir operação
até que a dor vá embora.*

⌒

O canto sempre será mais sagrado
do que a gente acha que é.

⌒

Dançar me liberta, dançar me define.

Linhas, fluxos, giros e (re)conexões.
Dançar faz viver, faz experimentar a vida como ela é, ou pelo menos deveria ser.
Simples.
Sem precisar nada possuir, simplesmente com a gentileza de um cavaleiro e a doçura de uma dama.
Simplesmente com uma comunicação que não necessita de palavras. Entre você e você mesmo, entre você e alguém, entre você e o universo , não importa.
Simplesmente com uma conexão que vai além do que meras letras sejam capazes de definir.
Dançar expande a alma.
Cada dia, um passinho a mais.
Cada dia, uma nova forma de fazer.
Cada dia, uma nova forma de se expressar.

⌒

Dançar é sentir o movimento do outro antes mesmo de ele se revelar. **Dançar é demonstrar sua alma, com firulas e fragilidades.** É saber que nem tudo vem fácil na primeira vez, mas na fluidez é sempre definitivamente mais fácil.

Não pense, não calcule
Dance.
É só se deixar levar.
Pela vida
Pela música
Pelo ritmo.
Por algo que grita dentro de nós de que sim, é preciso continuar.
É preciso se deixar levar por essa voz ininterrupta até que seja ouvida.

É preciso experimentar essa delícia de vida, de movimento, de fluidez.

A dança é minha salvação em momentos de desespero. Preciso estar em contato com ela para sobreviver. **Porque dança é vida e a vida é uma dança.** O movimento me encanta, me seduz e me leva a lugares que só a dança é capaz de levar. É **minha forma de oração**. É minha forma de **agradecer**. Como um bilhete (anônimo) que eu recebi por aí: **dance e seja feliz**.

Vida é movimento! Dançar! Fluir. Celebrar!

A vida é uma grande dança! **Enquanto você não estiver em movimento, a vida não acontece.** É preciso dançar, fluir, se manter o tempo todo em movimento, entender que cada hora pede um passo diferente e não se apegar a um passo específico. É ir de acordo com a música que estiver tocando, **aprender a como dançar a dança do momento e não a que você quer ou mais gosta.**
Tá tudo ruim? Dance! Tá tudo bom demais? **Dance!**

Eu amo dançar, não sei por quê, não faço a menor ideia. **Eu só danço, é como se fosse parte de mim**. Danço o que sou, o que sinto, danço pra liberar a dor, pra me sentir, pra me conectar, pra sair dos meus padrões, pra me alegrar quando a vida não tá fácil. **Danço pra lembrar que eu existo**.

Eu canto pra me manter sã. **Pra fugir das minhas loucuras**.

Pra achar a loucura verdadeira dentro de mim.
Tem coisa mais louca que celebrar a vida sem motivo? Cantar para os deuses em gratidão? Em passar através da voz tudo que grita aqui dentro?
E dançar. Sempre.

Assim como ser e viajar é indissociável pra mim, ser e dançar andam juntinhos lado a lado. Ser é movimento, é dança. E dançar, é ser em sua plenitude. Como separar uma coisa da outra? Vida é movimento, logo, vida é de alguma forma dança, na sua mais pura manifestação.

Dançaterapia

Nós estamos vivos! Sinta seu corpo.
Sinta o ambiente.
Perceba que tem outras pessoas ao seu lado. E isso é tudo! Simples e superprofundo.
Sem fingimentos. Ser o que se é. Dançar o que se sente.
Dançar confirma o ritmo da música. E não o ritmo que acharmos melhor. Até porque não combina e não dá certo.
E assim é a vida. Se em vez de aproveitarmos o ritmo que a vida apresenta e dançarmos conforme ele e quisermos dançar nosso próprio ritmo sem ouvir e sentir o que a vida apresenta, pode não dar muito certo.
Vida é movimento. É estar pronto a mudanças a qualquer minuto. É não achar que o passado vai se repetir no presente. É estar presente. Aqui e agora, nesse instante.
É fluir e não se apegar a nada. Estar aberto ao que se apresentar. E escutar. E sentir. E só depois deixar o movimento divino fluir através do seu corpo.
O corpo não mente. Ele tem a sinceridade que a mente e o ego tentam esconder de nós.
Tá tudo registrado nesse monte de terra e água de que somos feitos.

Temos nosso próprio ritmo também. Nosso coração, nossas veias, nossas águas!

Se não escutarmos nosso ritmo interno primeiro, como poderemos escutar algo lá fora?

E não há certo, errado, padrão ou o que seja. Há você, seu corpo, sua expressão e seus sentimentos. Mas nada disso funciona se não houver presença, vontade, energia! E agradecer por toda essa riqueza abundante que nos foi concedida nesse tempo que passaremos aqui. Oxigênio, alimento, luz, abrigo e todo o resto. *E entender que sempre teremos o que precisamos à nossa evolução, talvez não o que queremos, mas o que realmente precisamos.* E lembrarmos que somos nós que usufruímos desses bens e não o contrário. Para não nos enganarmos com eles, pois assim que formos eles ficam e nós seguimos, sabe-se lá Deus pra onde. Se conecte. *Somos todos humanos. Imperfeitos e falhos. E com uma beleza inestimável por isso. Ser transparente e verdadeiro.* Assumir o que é, mostrar o que se sente, sem máscaras ou julgamentos. *Só assim a dança é verdadeira, pois vem da mais pura verdade dentro de nós.* A liberdade está em se reconhecer igual ao outro. Sem ser superior e querer ajudar ou doar algo para o outro. Mas vivê-la trocando, dando e recebendo. Sem ser inferior e nada querer receber também.

Equilíbrio e igualdade. Só assim a liberdade de ser pode se apresentar. Sem esforço. Sem "ter" que ser nada.

Quando nos achamos superiores, ficamos presos a esse padrão e perdemos a liberdade de simplesmente sermos nós mesmos, pois sempre teremos que provar algo a alguém ou a nós mesmos para confirmar o quanto somos superiores. Quando nos sentimos inferiores também, e ainda corremos o risco de cair na vítima, a pobre coitada.

A liberdade está em ser igual. Sempre!
(Gratidão eterna a Pio Campo)

No samba me criei. Mas isso ainda é pouco, o samba se faz em mim.
E eu sou feita dele, da cabeça aos pés.

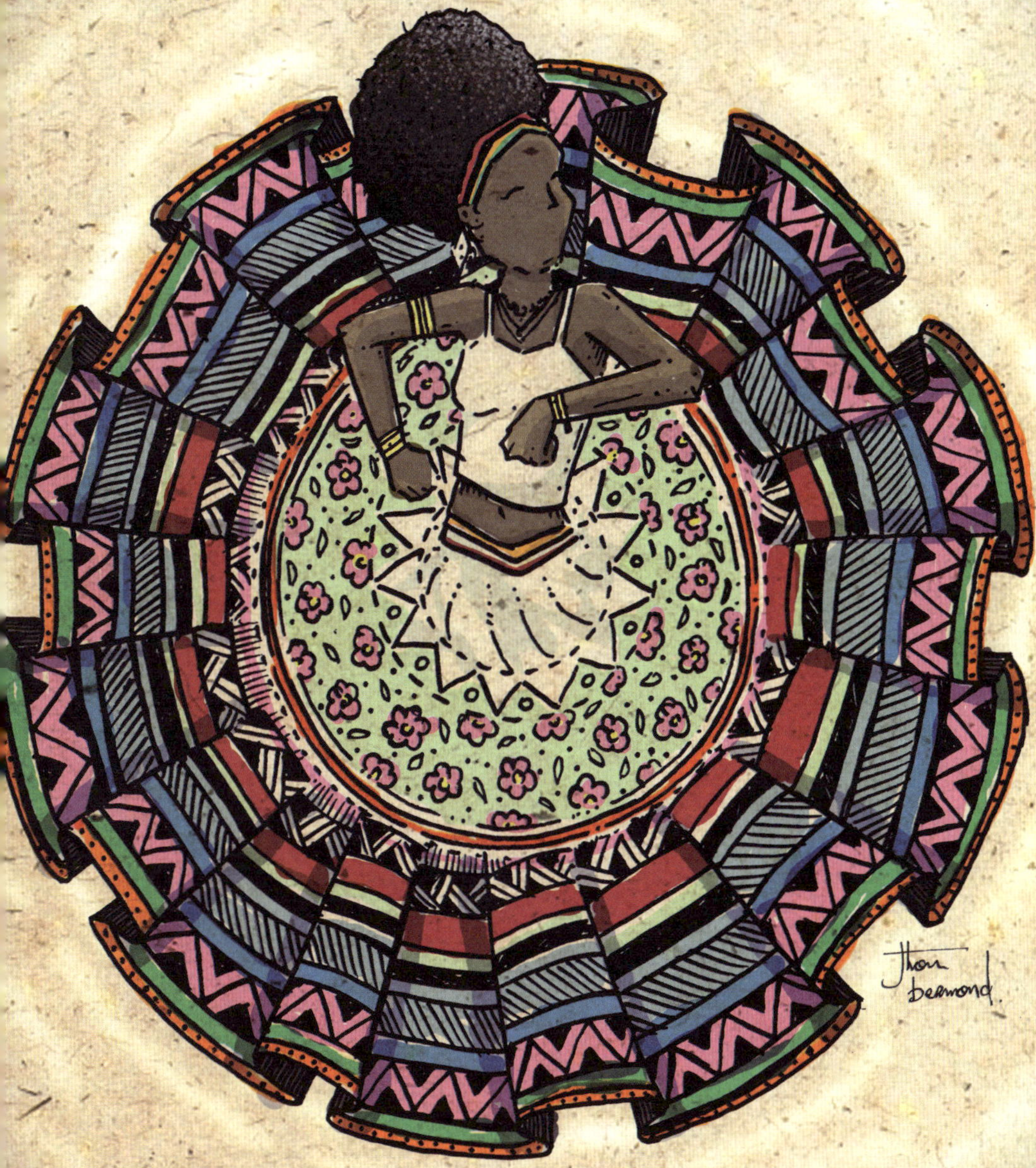
Jhon bermond.

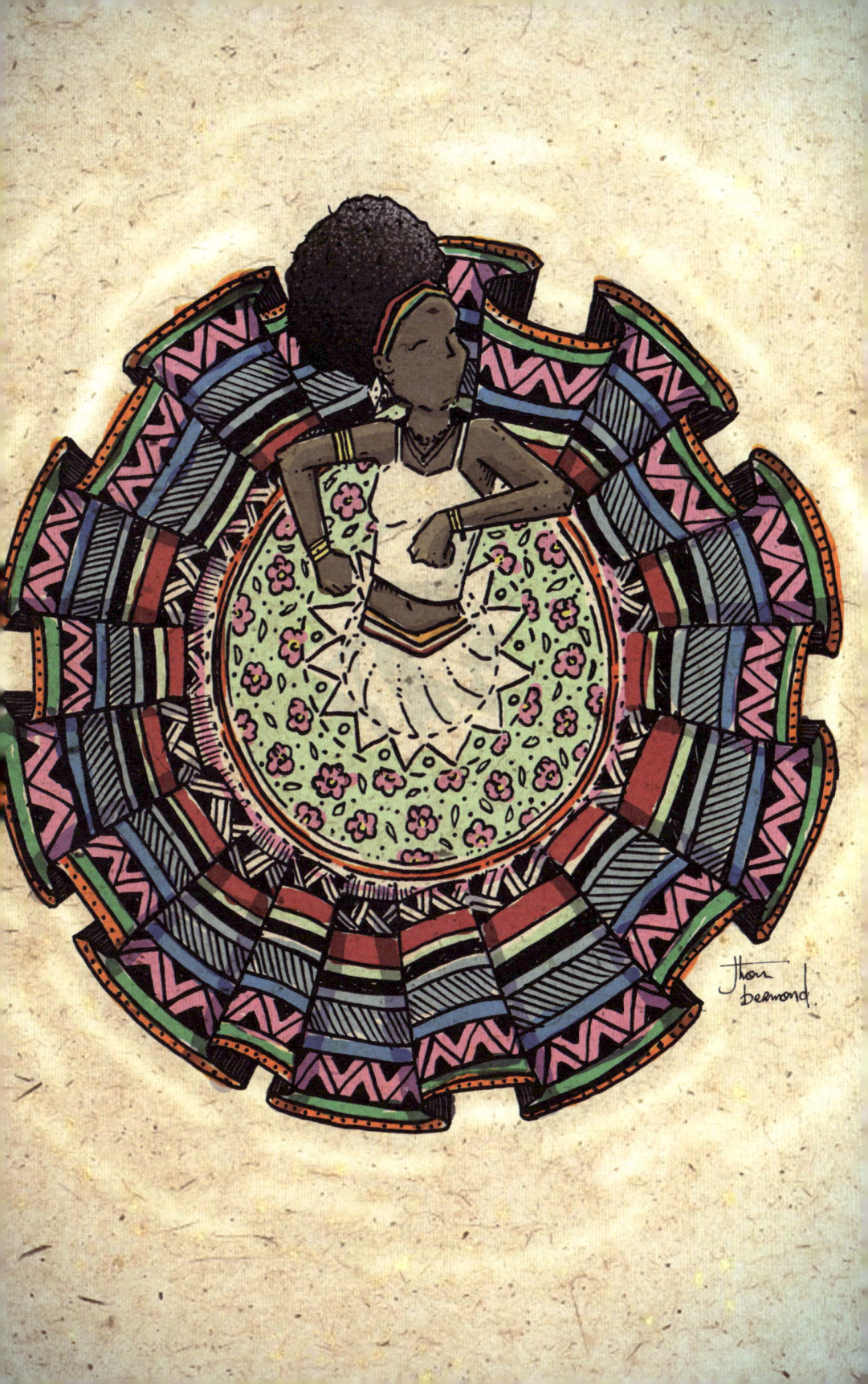

Maracatu é explosão de alegria. Acorda até defunto. Desfaz qualquer desânimo dentro de você. Sabe essas coisas meio mortas que às vezes estão dentro da gente? Então, acorda tudinho. Salve o maracatu e a sagrada tradição!

Não sou eu que **DANÇO**
a dança toma conta de mim
(EM TODOS OS SENTIDOS)
G.M.

Agradeço por poder ser um canal através da dança.
De levar alegria, sorriso, energia e axé por onde for. Por espalhar entusiasmo e alegria de viver por aí.
Dance, sempre.
Com sol ou chuva, dance, celebre, agradeça e sorria.

A VIDA

em si, **SEM** música e dança, seria no mínimo IN-SU-POR-TÁ-VEL.

G.M.

O samba resiste.
Nas praças, esquinas, vielas, becos e botequins. O samba resiste.
Não adianta.
Quando você pensa que acabou, já escuta aquele violão tímido saindo de um bar do beco daquele bairro que você sabe que os sambistas se escondem e que sempre manterá a tradição viva.
Ele sempre vai renascer.
O samba é por si só, é resistência.
O samba resiste.
E assim sempre vai ser.
Porque nós sempre manteremos a chama acesa, a cultura viva e o samba em pé.

O que seria de mim sem o samba?
Ele me nutre, me preenche, me completa, me envolve, me expressa e me identifica.
Sem o samba, não sou.

A dança nos traz a naturalidade tão perdida de nossos corpos e instintos.

O que seria de mim sem a dança? Apenas um vazio vagando por aí. É preciso movimento! Sempre.

O que você faz? Eu danço. Simplesmente assim. A dança é intrínseca a mim quanto eu a ela. **Eu a honro e ela me preenche. Eu a venero e ela faz de mim quem sou.**
É forte como ela se expressa através de mim, a conexão é forte, brutal, leve e acima de tudo bonita.

Quando o tambor toca, é como se não houvesse escolha. O mundo diz: **é hora de dançar!** É hora de celebrar! **Vá para o meio da roda e brinque, criança!** E dance, até não poder mais, até a noite acabar e **virar manhã, aurora feliz**. Até o pé não aguentar mais, até onde a alma deixar.
E dance.
Muito. Sempre.

Em tempos sombrios, nós, os dançantes, cantantes, poetas e palhaços, temos a obrigação de trazer
alegria e lucidez ao mundo.

Se estiver todo mundo **dançando,** quem segurará as armas?
Se estiver todo mundo **amando,** quem segurará as armas?

Bailemos, para que não sintamos o fardo do tempo repousar sobre nós.

E se depois de tudo você ainda conseguir dançar,
fique tranquilo, há salvação.
(Só o que está morto não dança)

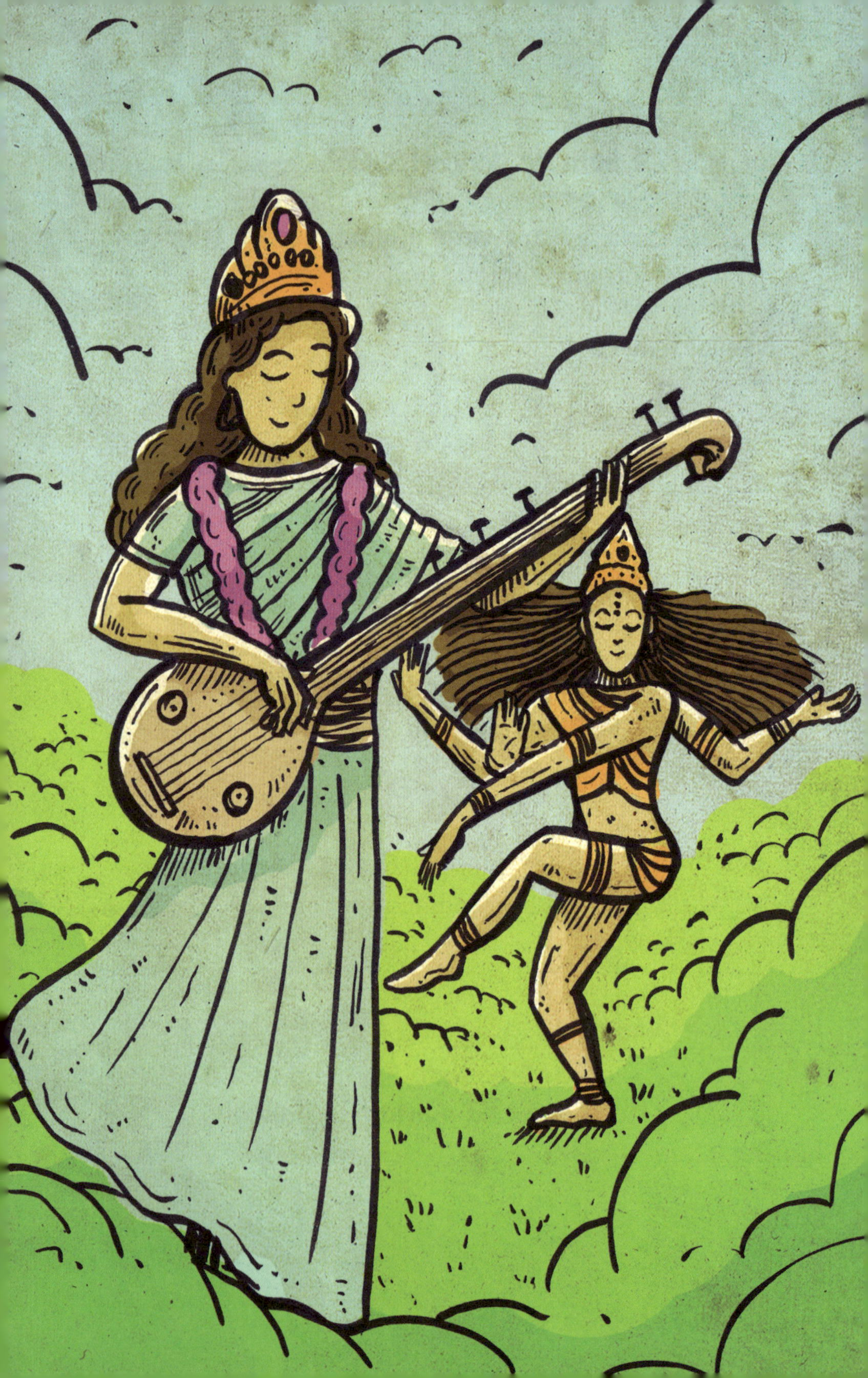

A **deusa da dança** me abraçou e me leva até hoje aonde preciso ir. Embriagada com seus **passos mágicos e sua alegria sem fim**, a dança me encanta, me levanta, me acolhe e me leva.

A **deusa da música** me acolhe em seu colo terno e me **entoa seus versos melódicos** que me fazem esquecer de qualquer mal. E sopra baixinho no meu ouvido: canta. **Vai fazer tudo que for ruim ir embora também**.

Dançar na vida até entender que **a vida é uma dança**.

Dançar a habilidade mágica de não se deixar abater por coisas pequenas com aceitação, alegria e jogo de cintura; **dançar a maravilhosa característica de entender de que nem tudo é pra ser do jeito que a gente acha que é pra ser;** dançar o baile da vida de acordo com o que ela mostra pra gente no agora. E não se preocupar tanto com o futuro, e nem lembrar mais tanto do passado. Assim como em qualquer dança, temos que estar presentes para não errar, cair ou pisar no pé do parceiro. É igual na vida, só que é pra valer e nem sempre dá pra repetir a dança. **Bailemos juntos o presente que é viver cada minuto presente por inteiro, se deliciando com o êxtase de não saber o que vai acontecer e criar seu próprio caminho, sabendo que nem tudo vai ser como você planejou, mas que pode ser melhor ainda.**

Dance, apenas dance. Não se preocupe com os próximos passos. Esqueça os antigos que deram errado e dance, dance. Como se nunca tivesse caído ou tropeçado, dance. Como nunca tivesse se machucado, dance. Como se nunca tivesse falhado, dance. E se extasie com você mesmo, com a vida e com a dádiva de **viver cada minuto totalmente por inteiro.** O que mais podemos fazer além disso?

Dance.

∽

A deusa da música, sou devoto. Ela me salvou dos momentos mais trevosos. Mais maldosos, mais cruéis. E tantas vezes me devolveu e **me lembrou do sopro da vida, que me arrisco a dizer que é minha segunda mãe.**

Ela dita minha vida, meu humor, narra minhas histórias, meus prantos, descreve como ninguém o que eu sinto e não sei expressar. **Rainha da esperança**, da alegria, do eclodir de sentimentos que sim, precisam vir à tona. Sem ela, eu não conseguiria sentir tudo o que sinto e ser tudo que sou.

∽

Sim, a música foi minha professora do sentir. Sentir em meu coração as notas se corresponderem a sentimentos trancados precisando sair do porão há tempos. **Ajudou a destrancar aquele choro que precisava sair e eu por teimosia não deixava. Ajudou a soltar o riso quando o desânimo aparecia. Ajudou a devolver a lucidez quando a loucura ensandecia. Porque, enquanto houver música e dança,**

haverá lucidez no mundo.
Sem eles, não dá.
E eu agradeço a todos que fazem parte desse milagre acontecer. **A todos os músicos e dançarinos, meu mais sincero agradecimento. Sem vocês, eu nada seria**.

Se deixe levar pelo ritmo e se harmonize com você mesmo... entrando e descobrindo qual o seu próprio ritmo. A dança traz esse incrível poder de conexão com você mesmo, com algo profundo dentro de você que é intraduzível em palavras e sai em formato de dança!

Não deixe os pés parados nem os sapatos pendurados. Pegue seu terno e paletó, seu vestido bonito e vá pra gafieira dançar. Cura qualquer mal... é sério! Não há melhor remédio e combinação que um bom samba e uma boa dança!

Obrigada, dança, por tudo que me deu. **Quando precisava de consolo, seus passos em ritmo me cadenciavam o coração**. Quando estava em fúria, sua batida de pé no chão retirava qualquer tensão. **Quando estava com medo, sua ousadia me dava coragem**. Quando não sabia o que fazer, você com aquela música esperta mandava o papo reto...

tá na hora de dançar mais devagar ou então de acelerar o passo. **Você sempre me trouxe respostas**. Algumas duras de encarar, outras de fazer chorar os olhos de lindeza. **Você sempre foi minha mais honesta e fiel companhia.**
E todos os dias é minha salvadora.
Da ilusão, da desesperança, do desapego, da loucura.
Você, todos os dias, me coloca no eixo ou pelo menos me faz perceber que eu tô fora dele.
Me faz perceber quando estou ansiosa e quando não estou confiando no mundo, nas pessoas e consequentemente em mim mesma.
E me mostra que eu sempre posso fazer mais do que acho que posso. Mesmo quando eu acho que não dá.
Dentre todas, você é minha maior heroína.
Minha melhor amiga, fiel, sincera escudeira.
Que nunca recusa uma batalha e está sempre pronta a ajudar.
E a você, prometo sempre dar o meu melhor.
A você, prometo não deixar a soberba ser maior do que a vontade de espalhar a dança por aí.
A você, prometo sempre contar aos outros as suas curandeiras habilidades.
A você, prometo espalhar tudo que me causa e tudo que me representa.

Salve os artistas, salve os **boêmios,** salve os caminhantes errantes à luz do luar.

Salve os músicos e sua magia de encantar, salve os dançarinos e seu talento para reviver e acordar a vida dentro de cada um.

❧

A música é, mais do que sempre, sagrada.

E precisamos dela para viver. (bem)
Uma vida sem música não faz sentido.
Uma vida sem dança não faz sentido.
Uma vida sem arte não faz sentido.

❧

É preciso, mais do que nunca, se libertar da sóbria razão – cheia de medos – e deixar os sentimentos fluírem. Da forma que for. É preciso parar de pensar tanto. **Uma música bem tocada e lá se foi aquele pensamento chato. Uma dança, então, faz até milagre e cura qualquer dor.** Principalmente as da alma. **Que o amor cura, a gente sabe, mas que a solidão mata, a gente sabe mais ainda. Por isso, dancemos.** Para sempre nos conectarmos uns com os outros e com a arte que reside fora e dentro de nós.

❧

A dança é minha forma de me conectar com outros seres humanos em um espaço de leveza, inocência e compartilhamento, num encontro flutuante como meus passos rodopiando na ponta dos pés.

E no dia que eu recusar um convite para dançar, eu estarei verdadeiramente doente.
Dança é vida.
[E vida é dança, não podendo jamais um estar dissociado do outro.]

E de samba a gente vive, e de samba a gente faz viver.

E o sambista continuava tocando e cantando sem parar na avenida sem fim **com a esperança de uma alma tocar e alegrar**.

Assim é o samba, renascendo, resistindo e fazendo viver sempre que a melodia toca os ouvidos e almas por aí.

E aos que vivem a chorar
Eu vivo pra dançar e danço pra viver.
Parafraseando o mestre João Nogueira, com todo respeito.

Se uso alguma droga? Sim, e das pesadas.
Chama-se dança.
Quando você vê, já o levou por inteiro. Já o fez programar toda a semana para ir aos bailes e para as aulas.
Quando vê, já está sonhando com saltos e giros. Quando vê, aquela meia-ponta safada aparece ali.
Quando vê, seu corpo inteiro já dança, seja andando ou fazendo qualquer coisa boba do dia a dia.
Quando vê, está fazendo coreografias ou passinhos no meio da rua, do trabalho, de casa.
Quando vê, já está quase perdendo o emprego.
E nós vemos e dissemos... mais um que a dança levou. E você não é o único.
Mas são corajosos os que escutam esse pedido do coração de dançar, e puramente bailar por aí.
A dança é nosso espelho da liberdade total.
Entrar em harmonia com o universo, com o outro e principalmente com você mesmo.
Quer mesmo se embriagar? **Dance... e se embriague do universo e todos os fluxos e movimentos que o levarão a você mesmo.**

A dança me completa, me realiza e me transforma. Ela acorda o que de melhor há em mim. **Desperta a alegria e o entusiasmo das profundezas com um simples bater dos pés**. Uma vontade de viver, brincar e sorrir sem igual.

Há lugares que só a dança me leva.

Não adianta a dança sempre vai ser uma maneira de voltar a mim mesma

G.M.

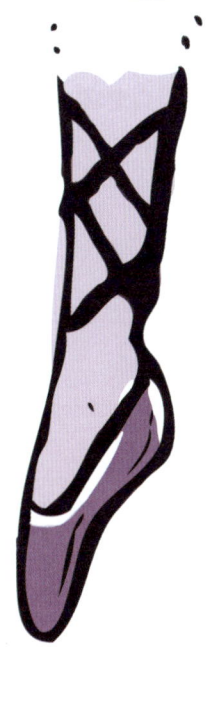

Dançar com você me teletransporta a outra dimensão.
Não há mais nada nem ninguém, somente nós dois, dançando, nossas batidas de pés e corações e nossos corpos quase em transe, colados no ritmo da música.
Dançar com você me faz transcender o tangível. E ir além. Esquecer de tudo e estar ali, presente, de corpo e alma.
É... dançar com você é, mesmo, transcendental.

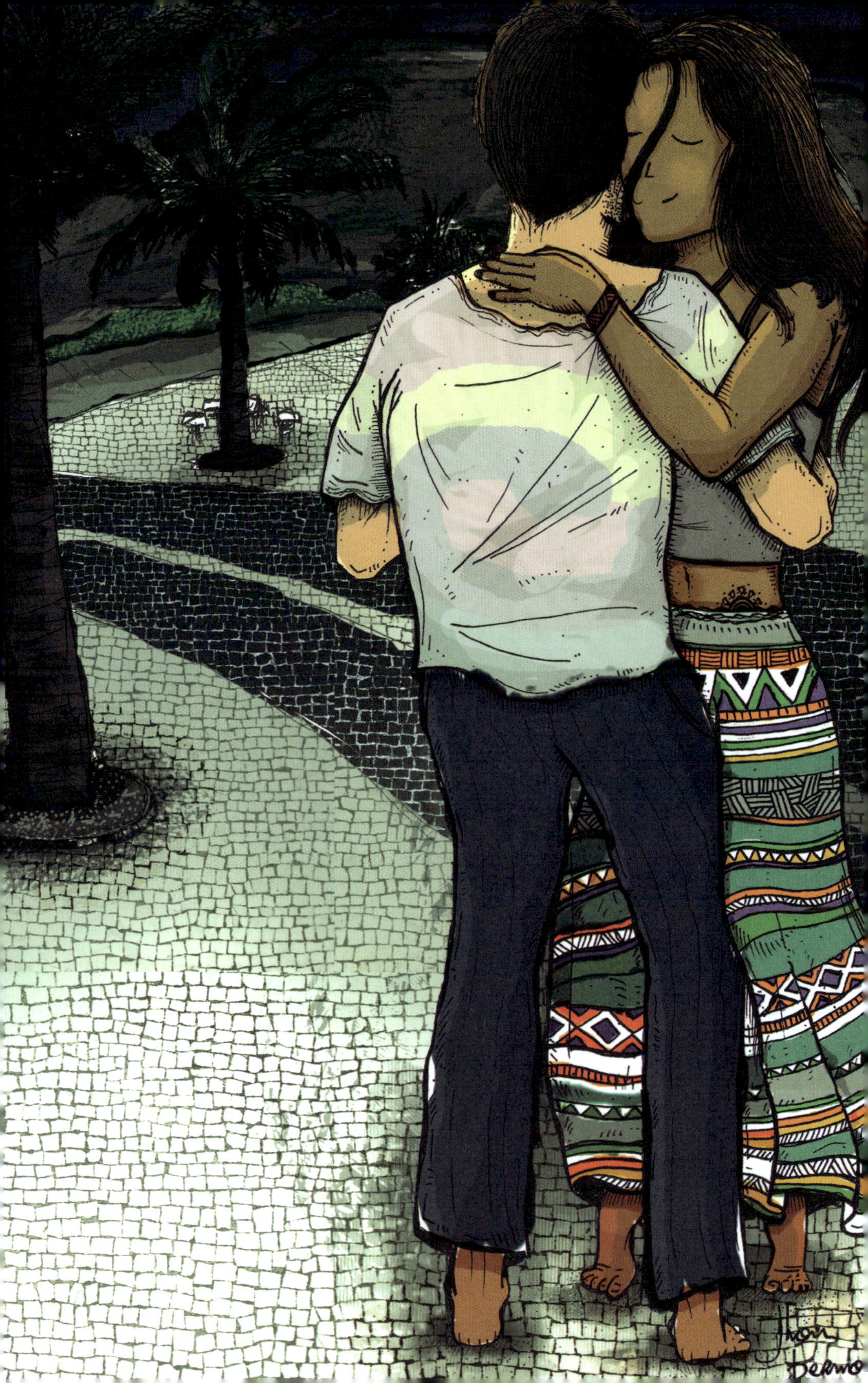

Na dança o que me interessa é **a conexão, a interação, o contato, o sorriso e a interação com a pessoa**. Não é a técnica, o passo, o giro difícil de dar. É a conexão.
(Que me perdoem os professores, mas eu não ligo a mínima para os passinhos decorados e técnica se não houver interação, sentimento e conexão verdadeira entre dois simples seres humanos.)
[me atrevo até a dizer que, se não houver isso, não há, sequer, dança]

A dança me transborda. Do mundo, de mim. **Nela, eu sou o que é mais verdadeiro**. Nela, eu dou o melhor de mim. Nela, eu presenteio e com alegria compartilho do que vivo na dança.
Eu presenteio, além de mim mesma, a quem mais puder se beneficiar. **A dança tem um poder absurdo de jogar pro lado o passado e dar a volta por cima com um simples requebrado** e de abrir o coração pro futuro em um simples mover de ombros... poderosíssimo.
(só cuidado que vicia, o risco de não querer mais parar de dançar é grande.)

Eu tenho ataques constantes de dança. Sonho com puladinhos, ganchos e giros infinitamente livres.
É *libertador*.

E hoje eu digo sem a menor dúvida,
Foi a **DANÇA** que me
S.A.L.V.O.U
Que me tirou
da lama e fez
reviver e
renascer.
A dança, a música
a vontade de viver
e ajudar os outros.
(**NADA MAIS.**)

G.M.

Se há um Deus, pra mim, ele dança.
E ri, com um bom humor sem fim pra espantar os males e as ilusões. E dança, porque dança é vida e a vida é uma dança.
Sempre.

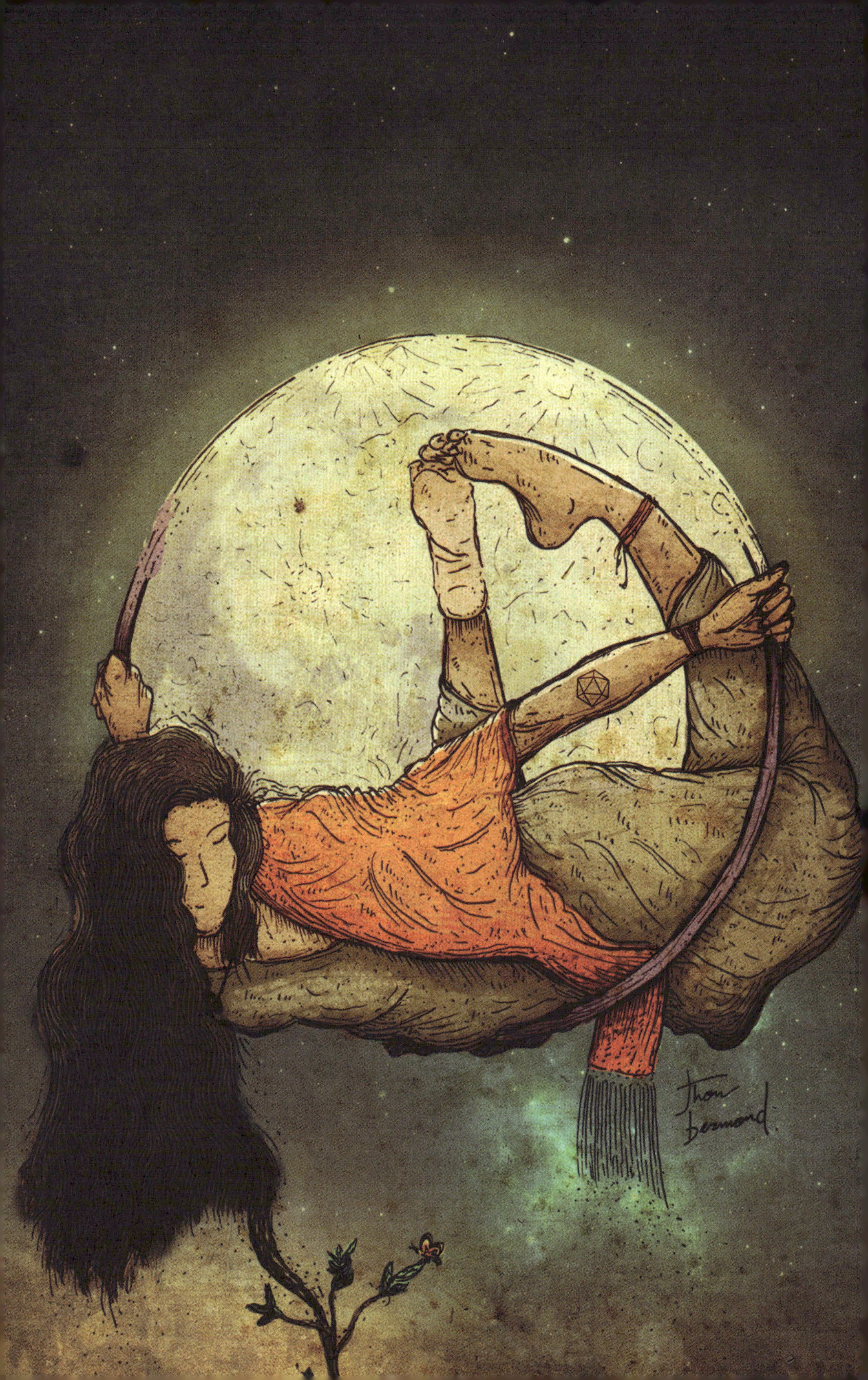

@Sobre Signos

Eu confesso. De alguma forma eu sempre meço minha vida
em medidas astrológicas.
[e sempre funciona]

Tem gente que veio ao mundo para transformá-lo com as próprias mãos, com a própria garra.
Os advogados, juízes, ativistas sociais – **os honestos e incorruptíveis, é claro** – estes vieram literalmente pôr a mão na massa por um mundo melhor.
Já tem gente que veio por fé, luz, amor e esperança no caminho de muitos, e estão espalhados por aí nas mais variadas funções, às vezes disfarçados de algum emprego ou título, transformam e melhoram a vida de quem passa por eles com uma gentileza e simplicidade que só os mais nobres são capazes de ter.
E há os despertadores, como chamo. Podem vir pelo amor ou pela dor. São aqueles anjinhos amigos (ou inimigos) que vêm lembrá-lo de algo que você esqueceu e não está conseguindo lembrar. Geralmente, são os mais próximos da gente. Que é para não ter chance de esquecer mesmo! Com um elogio (ou uma crítica) nos fazem ir em direção ao caminho que temos que ir e este trará a realização e felicidade que tanto buscamos. Dentro deles têm os apoiadores, aqueles que

seguram a barra nos momentos mais difíceis e não deixam a peteca cair de jeito nenhum, virando até malabarista se preciso for. Estes são preciosos. Quando achar um, certifique-se de tê-los sempre por perto.

Tem os curadores. Os chamo de milagres do tempo e bênçãos de Deus. São os que nos ajudam a conectar com a gente mesmo e curar nossas feridas. Aí estão todos os tipos de artistas, os músicos, dançarinos, terapeutas, facilitadores, todos que de alguma forma o levam à cura, à paz e ao encontro com você **mesmo**.

E você? A que veio? O que faz para este mundo ser um pouquinho melhor do que ontem? Há quem ajuda? Há quem é útil nas horas e momentos de necessidade?

E estes, que o fazem essas perguntas, os **chamamos de buscadores,** sempre nos fazendo perguntar, pensar e refletir se estamos mesmo no caminho certo e qual o nosso próximo passo no caminho da evolução. A estes, lhes digo, estejam sempre atentos e não percam uma palavra em vão. Todo minuto é precioso. Todo minuto pode revelar décadas de conhecimento e (re)lembranças. Afinal, tudo que precisamos é lembrar quem realmente somos e o que viemos fazer aqui.

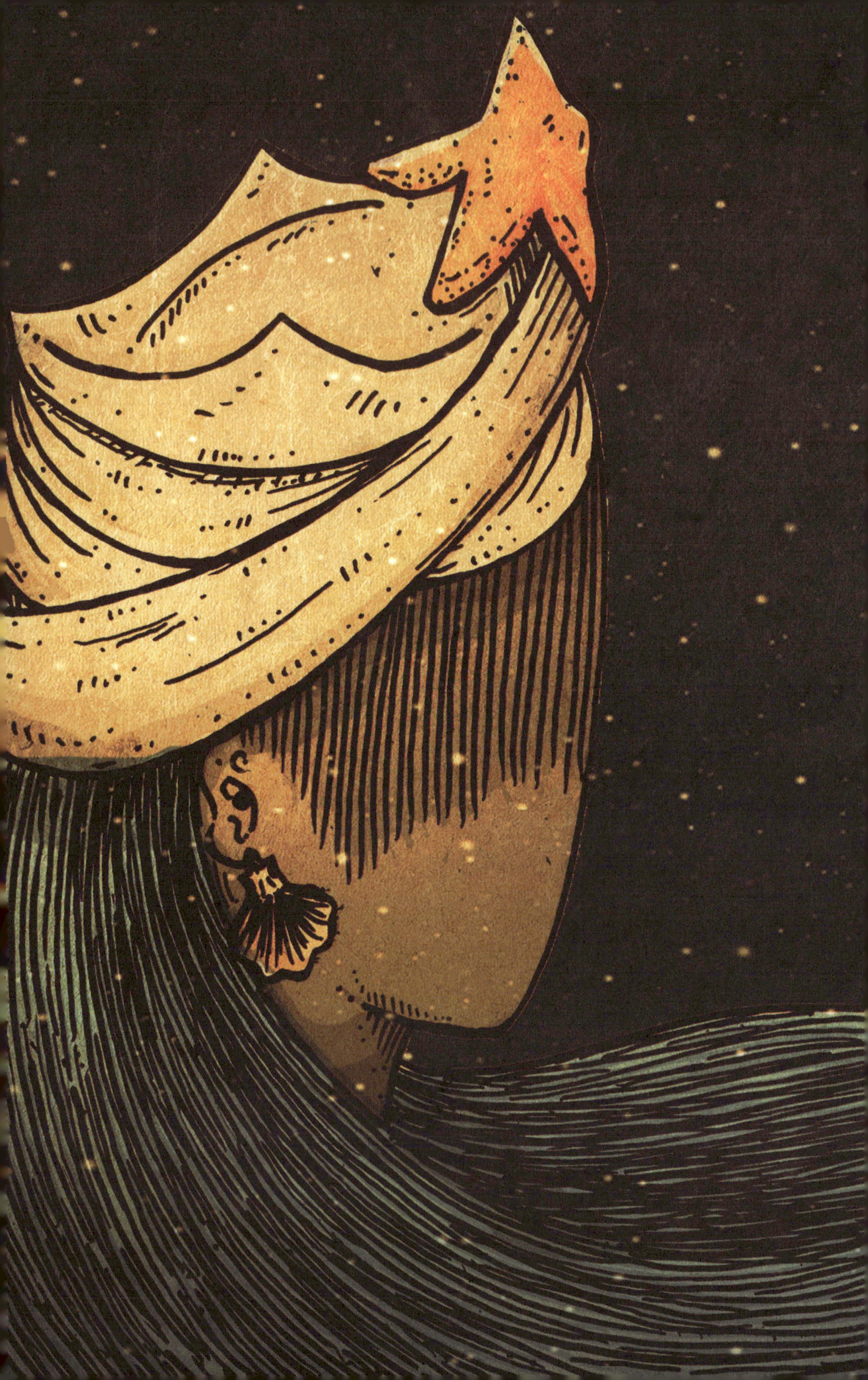

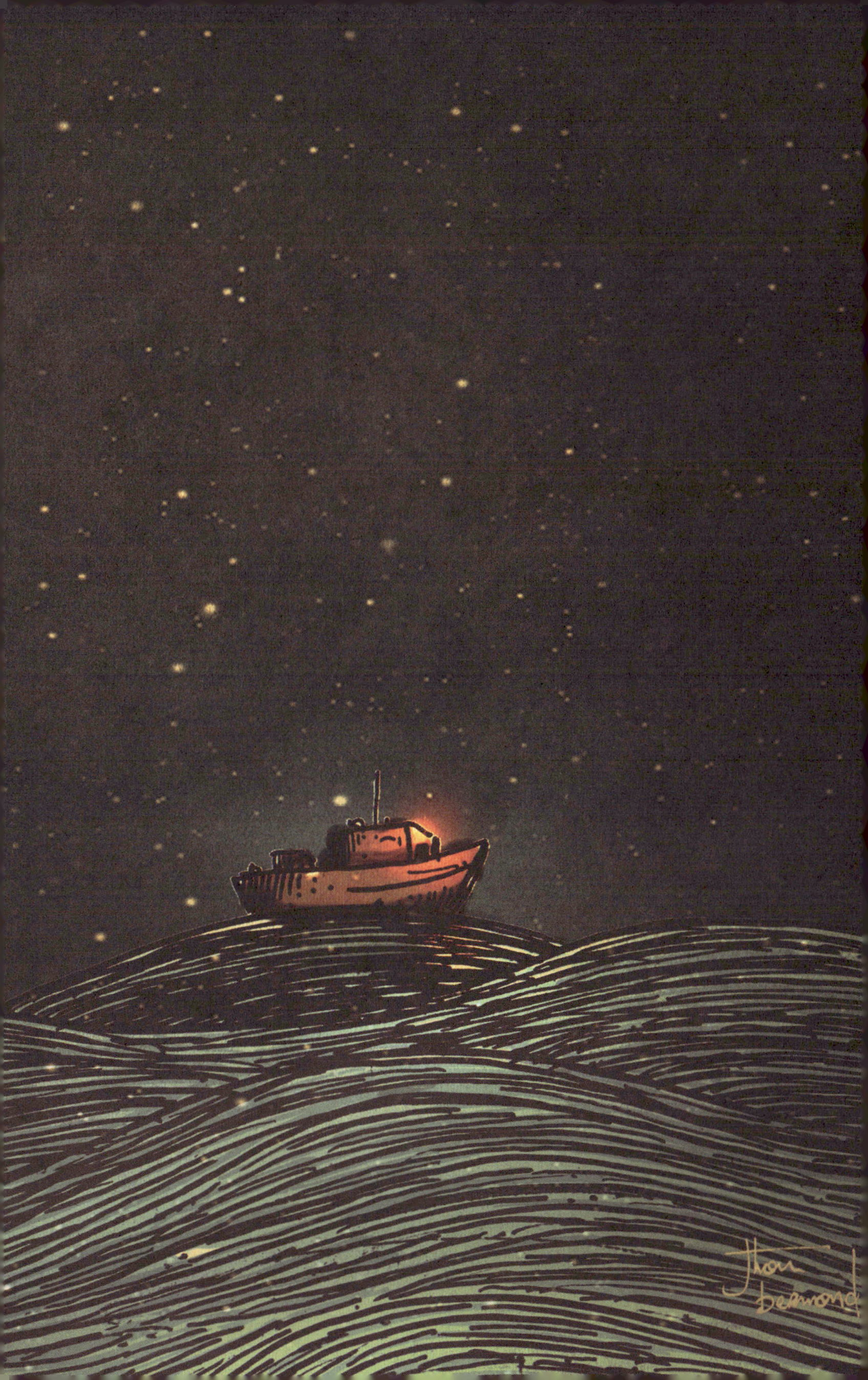

FILHOS DA ÁGUA

Ah, os filhos da água. Como não falar deles e não lembrar de suas lágrimas? Sim, eles choram. Por amor e pela dor. E pela saudade, e pela expectativa desiludida criada, e pela novela das sete e aquele filme fofo da TV. Sim, eles choram. E ainda bem. Porque sem águas, e suas emoções que tudo lavam, adoçam e purificam, nada somos. Quem dera todos tivessem um pouco da ternura e candura dos filhos da água. De sua compaixão, de seu almar sem fim. De seu saber doer, saber se mostrar, saber se emocionar sem se envergonhar. Precisamos mais disso. Do deixar fluir, deixar escorrer, deixar limpar. Os filhos da água estão aí para nos lembrarem que é preciso deixar sentir, é preciso deixar ir. Sem conter mágoas. E aí que surgem os problemas com os filhos da água, eles não podem deixar as mágoas escondidas, precisam sempre expressá-las para não virar rancor ou vingança, como são conhecidos os escorpianos. Por isso a fama, eles sentem tanto, tudo tão intenso e profundo, que não perdoam e não esquecem, pois eles — mais do que ninguém — sabem o quanto doem. Sabem o quão é difícil sair do fundo do poço. Pois sentem tudo, verdadeiramente. Mesmo que às vezes por fora não pareça. Por dentro é só água rolando. É só água desabando. É só água tentando lavar e purificar o que não se pode mudar por fora. E como amam. Cancerianos, Piscianos e Escorpianos são aqueles de amar pra vida inteira. São românticos até o dedinho do pé e não medem esforços por seu amor quando o sentem retribuídos. E são de se jogar e mergulhar de cabeça em qualquer história que apareça e lhes toque o coração e alma. Por isso, talvez, sofram tanto. Mas são filhos da água. Eles precisam sempre flutuar em emoções, senão a vida não faz sentido. E como são acolhedores. Sabem como ninguém dar conforto e aquele colo amigo quando é necessário. Eu diria que, por tanto compreender a dor humana, sabem perfeitamente o que fazer para acolher outra alma humana. E sofrem, por si e pelas misérias do mundo. São sensíveis. Tomem cuidado com sua sensibilidade, não brinquem com os sentimentos dos filhos de água. Eles são sagrados. E se o fizerem, não reclamem do gelo, da mágoa e da fúria depois. Assim são, e variam o estado da água... deixem-nos chorar. Deixem-nos se libertar e se limpar. O mundo precisa disso. Nós precisamos disso. Que possamos aprender com os filhos da água a lidar com nossos sentimentos e mar interno.

Escorpianos, seres profundos. Sabem como ninguém revirar aqueles baús velhos trancados no porão que ninguém quer olhar. Mas eles sabem que a transformação vem dali. E sem medo lá abrirão, no profundo, no abismo de si mesmo. Ou dos outros. Escorpianos são entendedores natos da natureza e mente humana. E são buscadores profundos. Não se satisfazem com superfícies. Querem sempre ir além, ver e entender o que está por trás de cada fala e atitude.

Não se contentam com respostas rasas e são completamente *intensos,* em tudo que fazem. Ou *8 ou 80.* Ou ama de verdade ou não ama. Sentem, mesmo com essa máscara que não sentem nada. Sentem profundamente a dor humana dentro de si. Enxergam com clareza as suas próprias *humanidades,* seus lados luminosos e sombrios. A fama de vingativo é dor e orgulho trancado no peito, é dos que ainda não souberam lidar, encarar ou *direcionar* seu lado sombrio, porque sim, eles têm mais fácil acesso a ele. Exatamente porque vêm com a missão de se entenderem e ajudar os outros a se entenderem também. E somos humanos, a dualidade, o *lado bom* é ruim, é inerente a nós. E são intensos... o que podem possuir de vingativo, têm de força e amor. O que podem possuir de ira e possessividade, têm de cuidado e *afeto.* Assim são os escorpianos, misteriosos por si só, por acessarem uma camada de si que normalmente as pessoas não entram em contato. Por isso são incríveis parceiros e amigos, pois entendem e *compreendem* o âmago, as profundezas ocultas de cada ser, sem ela perceber na maioria das vezes. E ajudam, e estão sempre lá quando você precisa. Persistentes, quando colocam algo na cabeça, saia da frente. A intensidade virá à tona e nada os deixará para trás. Eles se relacionam fácil com o medo e avançam, sempre. Quanto à paixão? Vale para tudo. São *apaixonados* pela vida, por si, pelos outros, por tudo que gera intensidade e mistério dentro deles. Por tudo que os faça conhecer um pouco mais de si e/ou do outro. Por todo *esse mistério da vida,* dos sentimentos, das coisas sutis. Eles são muito sensitivos, quase que como adivinhadores de pensamento. Já sabem o que você está pensando antes de você precisar falar, na maioria das vezes. *Observadores* que são, às vezes o conhecem melhor do que a você mesmo.

Confiam-lhe a vida se assim for, por isso muito cuidado para não pisar no calo e vacilar com eles. A reação pode ser mesmo intensa.

Assim são… intensos, apaixonados, profundos, sentimentais, motivados, sensitivos, incríveis amantes e protetores dos seus parceiros e amigos.

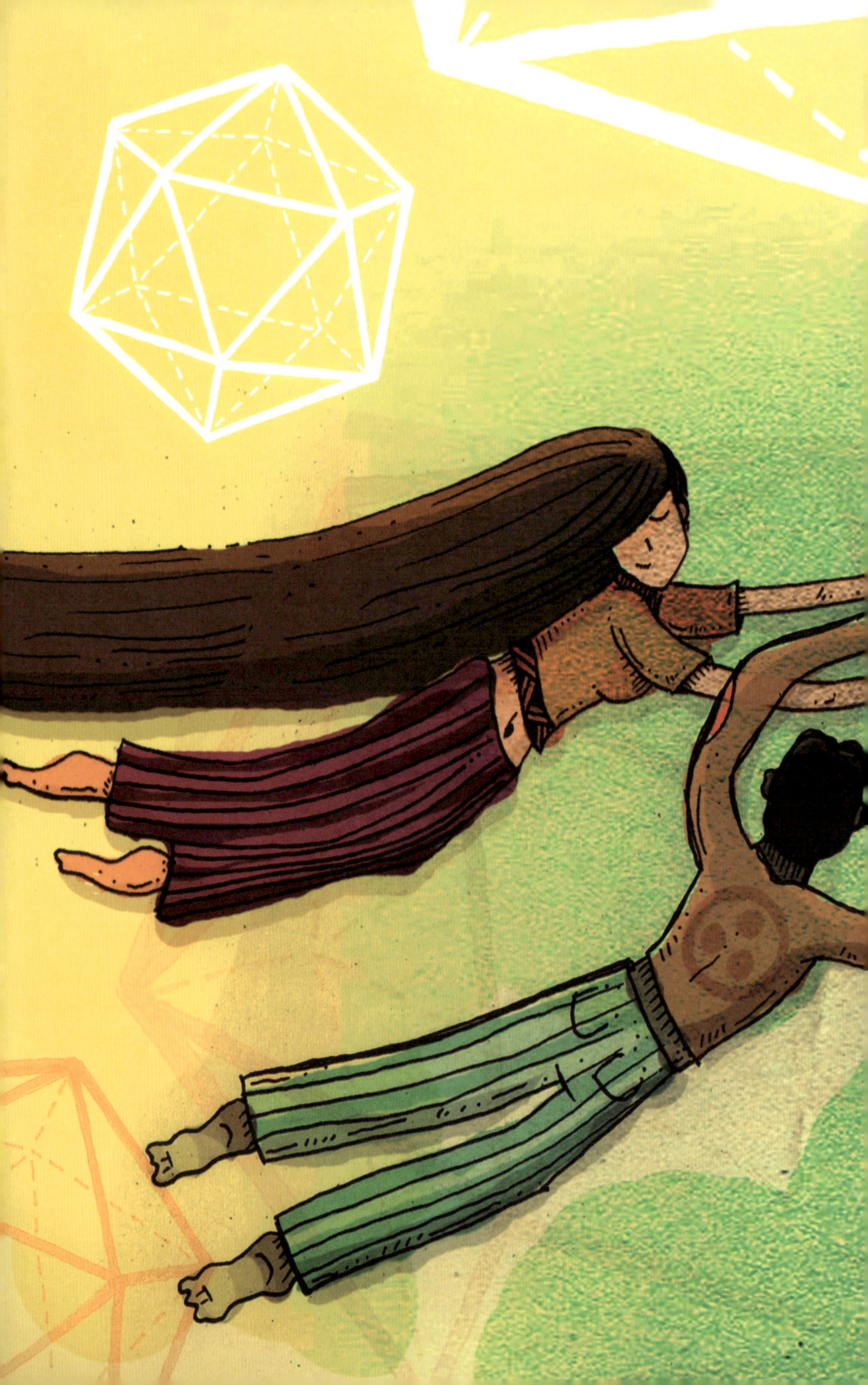

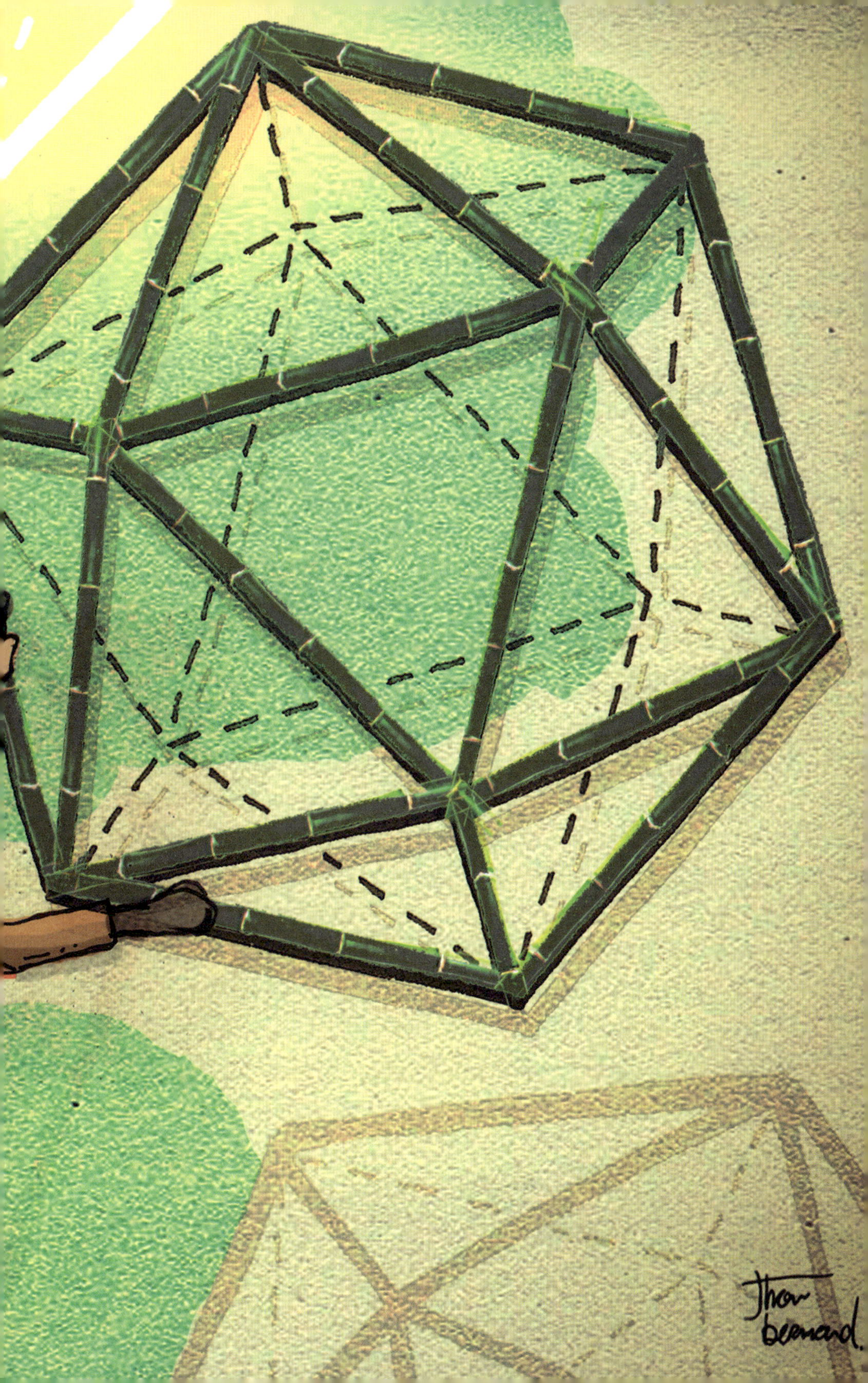
Jhon bernard.

Filhos do ar

Os filhos do movimento. Assim chamo aqueles que são regidos por Gêmeos, Aquário e Libra. São dinâmicos e vivem no mundo das ideias. São livres, assim como seu elemento. O ar precisa estar sempre em movimento, circulando por aí, trazendo mudanças e novidades aos que estão mais parados. Os nativos de Gêmeos e Aquário têm em sua mais profunda missão trazer mudanças, informações e começar um mundo novo. Por isso gostam tanto das ideias, pois estão sempre um pouco à frente de seu tempo, e sabem que vieram ser mensageiros delas e deste novo mundo que está por vir. Não é à toa a fama de fofoqueiros dos geminianos, e lhes digo, um grande mal-entendido. É que faz parte de sua missão disseminar informações. Por isso estão sempre falantes por aí, sempre antenados da última novidade. Às vezes, falando por demais, confesso. Mas precisam colocar o ar em movimento, faz parte de seu ser. Já os filhos de Aquário vieram trazer as boas-novas. Por isso não é difícil vê-los em comunidades alternativas, ecovilas, movimentos políticos e alternativos ao sistema vigente. Eles sabem e sentem no fundo do seu coração que estão aqui para mudar tudo isso que sabemos que está errado por aí e trazer um novo caminho, mais *humano,* digno, justo e sustentável. Nem que seja preciso quebrar alguns paradigmas e conceitos enraizados, chocando a sociedade e mostrando como *o mundo pode ser diferente* e diverso. Já os filhos de Libra vieram com a missão da paz. Nada importa mais para eles do que manter a harmonia e a beleza. Mesmo que às vezes às custas de *sua própria paz.* São filhos do ar, filhos do movimento, e sua vida não faz sentido se não trouxerem *revolução e* mudança que nem os moinhos e furacões que vemos por aí. Às vezes, destruindo tudo que está firme, para começar algo novo, melhor e *mais justo* e humano que as estruturas anteriores. Por isso essa ânsia doida no estômago de querer transformar e modificar tudo por onde passam. Simplesmente não conseguem ficar parados. Por isso, precisam *viajar.* Nem que seja dentro de sua própria cidade. Não são muito chegados à rotina e *prezam a liberdade* ao máximo. Liberdade, esta é a palavra desses três signos. Os define. São livres por natureza. Precisam ir e vir pra poder sentir que aqui estão. Ao contrário dos filhos da terra, não necessitam criar raízes profundas em todo lugar que pisam, e são *felizes* borboleteando por aí de flor em flor, absorvendo e levando mensagens e informações pro próximo lugar. Informando ao mundo e aos desinformados do que realmente se passa. Assim são os filhos do vento. Por isso precisam da fala, do *diálogo,* pois é quando podem ver seu elemento em ação. E não os deixe sem som e sem música, é como respirar para eles. Precisam estar sempre *conectados,* de uma forma ou de outra. Já que suas raízes são no ar, sempre estarão conectados com alguma coisa dessa natureza, algo mais sutil, sublime e muitas vezes *não tangível.*

Por isso o dom da música lhes é muitas vezes concedido. Ou então você os encontrará em algum jornal, agência de marketing, startup nova e descolada, ou voluntariando em alguma ONG na África, na Tailândia ou no Peru. Lá você os encontrará, *servindo* sempre sua missão de *informar* e melhorar o mundo. Viva o ar que tudo transforma e aos filhos do vento.

Geminianos têm um quê de empreendedor na vida. É uma vontade de mudar o mundo que não cabe dentro da gente. É um tal de querer *transformar* tudo que não acaba (graças a Deus!). Nós somos os filhos do movimento, do ar, da mudança trazida pelos *ventos*. Não nos contentamos com o *status quo* e queremos sempre mais. Não aguentamos ver algo que precisa ser transformado e ali deixar... é um sentimento que urge dentro de nós, e quando vemos já viramos a casa inteira de cabeça pra baixo— *pra depois colocar no lugar,* é claro! São fortes os que sobrevivem à mudança e se (re)adaptam, pois tal qual fazemos com a vida e com os negócios fazemos com a gente mesmo. Somos *inquietos por natureza.* Nos transformamos mil vezes e passamos por diferentes e opostas fases. Mentira de quem disse que há dois. Somos múltiplos, *plurais* e às vezes queremos engolir o mundo de uma vez só. Por isso que digo, são fortes os que (ao nosso lado) sobrevivem às mudanças e tempestades trazidas de um filho do vento. Mas o que seria desse mundo sem nós, as transformações e *reviravoltas*? No mínimo, pacato, sem graça e sem novidade nenhuma... Afinal, quem iria contar? Pois não bastasse a transformação, nascemos com o dom da comunicação, pacote completo. Não há ninguém tão capaz de fazer o mundo inteiro saber das *novidades* como um geminiano. Nós fazemos a mudança e já gritamos aos quatro ventos. Os fortes que se (re)adaptem, pois *o novo sempre vem.* E sempre virá.

※

É tão bom voar, mas é tão bom ter raízes e laços fortes para voltar... ah, essa vida geminiana.
Ah, esse eterno não saber.

※

Nós estamos aqui para conectar. Eu os denomino os comentadores. Conhecemos muita gente, muitas ideias, muitas filosofias e muitos lugares. E fazemos *pontes!* Ah! Como fazemos pontes. Levando aquele amigo naquele lugar que você conhece e sabe que é a cara dele. Apresentamos pessoas afins que serão parceiras de alguma forma pro resto da vida. Somos bons nisso. Gostamos de gente, informação, lugares e ideias diferentes e sabemos quase que por *feeling* o que cada um está precisando ouvir ou conhecer naquela fase da vida. Sabemos a quem *apresentar,* onde levar e o que falar. É quase que um instinto. Mas o objetivo é e sempre será fazer e construir pontes. De dentro para fora. *De dentro para dentro e de fora para fora.* Nos denominamos assim, construtores de pontes. Não é bonito isso? Poder construir pontes?

※

Em um mundo tão segregado precisamos mesmo trabalhar *e conectar tudo o que é para estar conectado.*

⟿

Uma vontade enorme de calar e gritar ao mesmo tempo. De me recolher ao meu canto e ver um filme e sair vagueando por essas ruas ciganas. Qual das duas vidas é a verdadeira? Será que tem como unir as duas e não ver mais divisão? Ou cada uma tem *o seu momento?* Eu sei que nasci para andar errante sob a luz da lua, para cantar e dançar por vielas desconhecidas, para viver o novo *a cada instante,* para encantar e desencantar com o que a vida traz de novo a cada instante... ficar parada não faz sentido pra mim. Ah, essa vida geminiana...

⟿

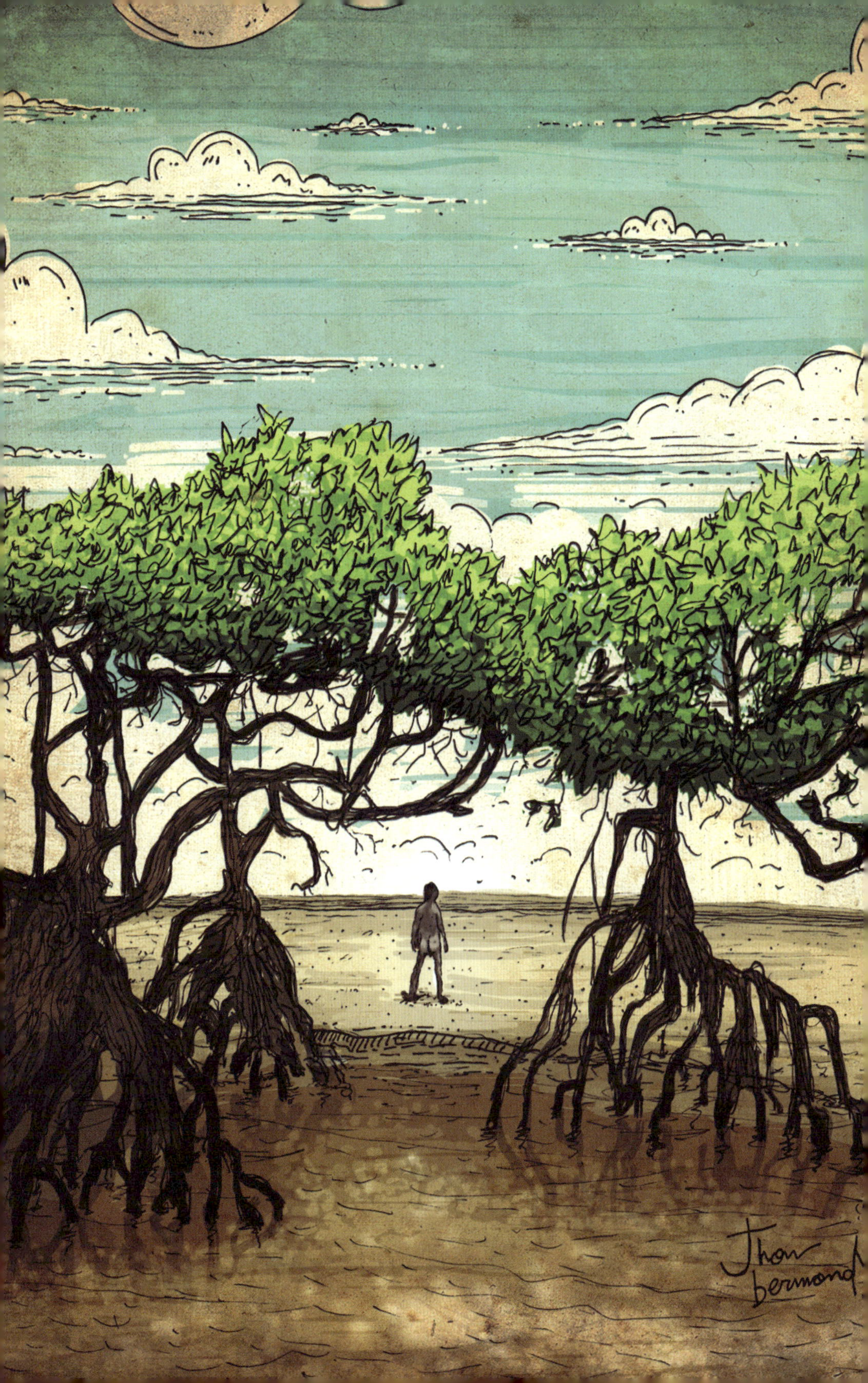
Jhon bermond

Filhos da Terra

O que seria de nós sem os filhos da terra? Sem os queridos capricornianos, virginianos e taurinos? Eles são os filhos da estabilidade, da **firmeza,** do compromisso. Sem eles, nada perdura. E nada se planeja. Ô gente boa para fazer planejamento como os filhos da terra! Planejam tudo, cada pedacinho, tim-tim por tim-tim **para nada dar errado.** E como se apegam, como grudam em suas expectativas e planos. São assim. Gostam de tudo pertinho, e se for dentro de casa, melhor ainda. Assim o fazem com a família, e os amigos, a família que eles escolheram **a dedo.** As amizades dos filhos da terra são duradouras e criam raízes bem firmes, assim como eles. Se apegam a tudo, inclusive a **você.** Acostume-se com os ciúmes e a territorialidade, é apenas a forma de se sentirem seguros, precisam de terra, e de constantes demonstrações de amor e **compromisso.** E como gostam de rotina! De tudo previsível, de hora marcada, de gente que chega na hora. Respeite a agenda de um filho da terra e você será **respeitado.** Não... eles não gostam muito daquele programa surpresa vamos-sair-da-rotina (não avisado) no meio da semana. Agende com antecedência e espere beijos de agradecimento. É assim que são. E graças a Deus! O que seria de nós sem a **estabilidade** e o compromisso dos filhos da terra? Eles nos ensinam o respeito pelo tempo, pelo outro, pelo tempo do outro e principalmente: da paciência. Se tem algo que os filhos da terra vieram a nos ensinar é que **tudo tem seu tempo**. Que é preciso plantar para colher. E que cada colheita tem o seu tempo. Espere, seja paciente. Não há como acelerar o crescimento de algo natural e orgânico como a terra. Assim são, superligados aos **ciclos naturais**. Sabem a hora certa de cada coisa. A hora de agir, a hora de esperar, a hora de colher e a hora de calar. E como são sábios! Como nos dão **lições valiosas** de vida com apenas um gesto ou frase. Não são muito espalhafatosos. O seu trabalho se vê nas pequenas coisas, pois sabem que não precisam sair se mostrando por aí para serem reconhecidos. São o que são, e sabem disso. Não precisam sair gritando por aí aos quatro ventos. São filhos da terra. Sua missão é criar **raízes**, fortificar, conectar com o todo, se manter firme, ensinar aos outros pelo seu exemplo, plantio e colheita, e não envergar jamais. Podem ser um pouco teimosos e cabeças-duras, mas têm lá seu fundamento. Pois não arredam o pé do que **plantaram** com tanto carinho e certeza. Não os compreenda mal. Eles apenas se sentem mais seguros em seu próprio jardim, e visitar um outro pode ser sinal de perigo. Aos poucos, com **calma**, se chega lá. Não se pode chegar assim, invadindo e trazendo novidade. Eles são precavidos e antes de deixar qualquer um entrar precisam ter a **certeza** de que pelo menos ninguém pisará na grama e que até traga uma **semente** para plantar e brotar junto de seu jardim.

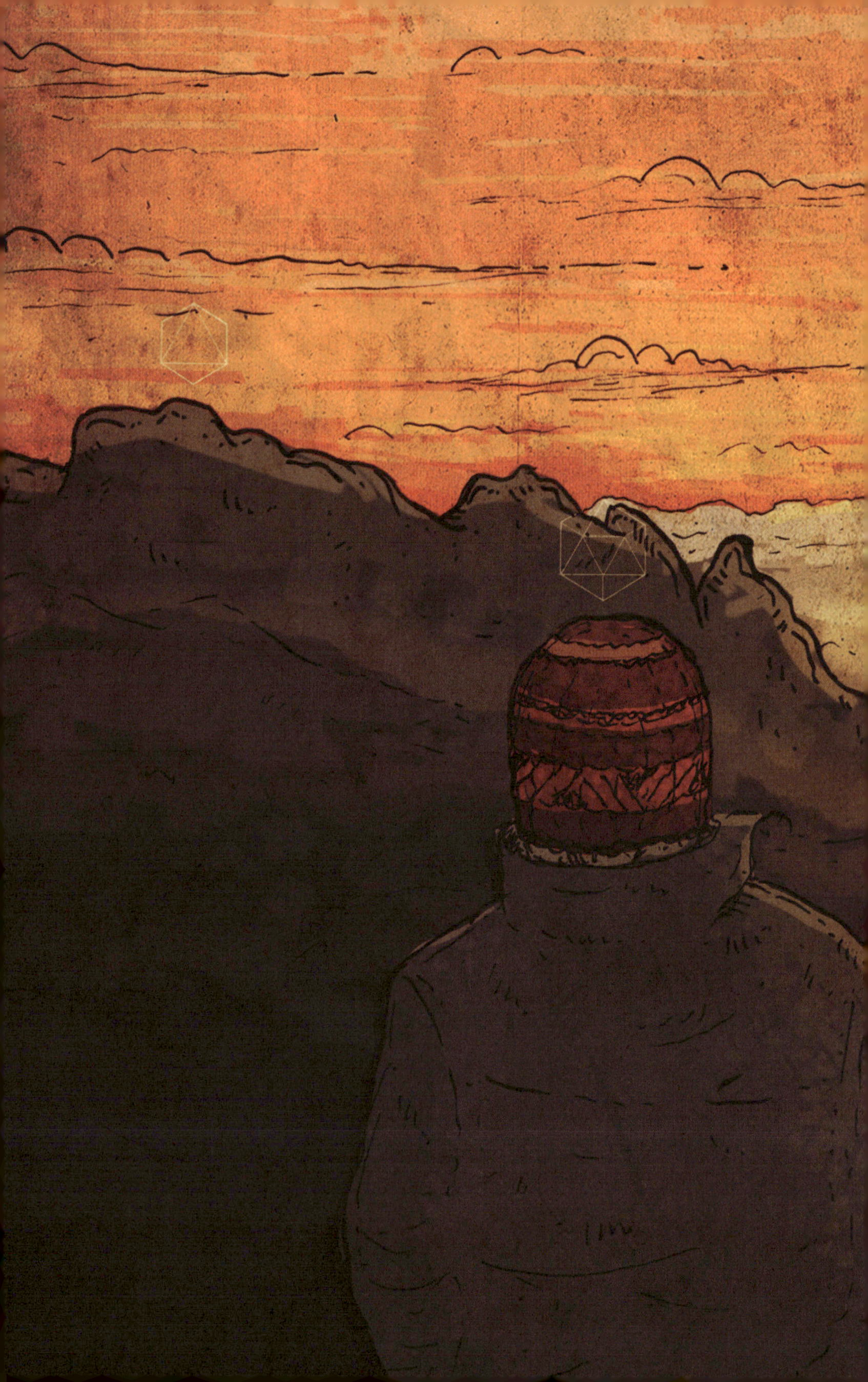

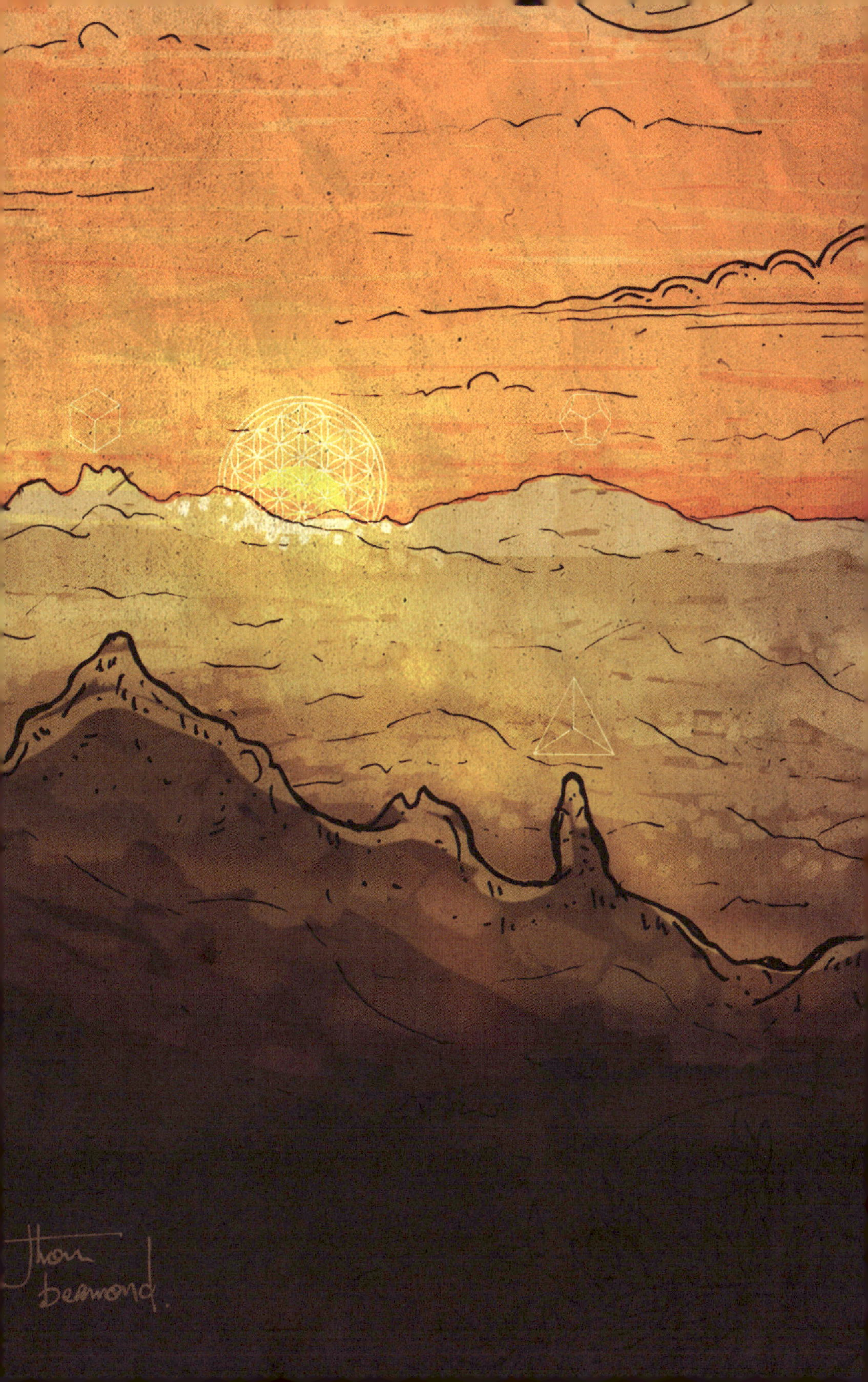

FILHOS DO FOGO

Assim são os signos de fogo. Querem tudo, agora, e sim(!) —que se danem as consequências. Que elas queimem assim como manda o fogo, elemento que rege suas vidas. Tudo se queima, tudo se **transforma.** Podem ser do tipo desapegados, pois já sabem que tudo um dia se queima, ou então ser a própria **chama ardente** da paixão. Mas a tendência é que o fogo queime e a chama dure o tempo fugaz dos filhos do fogo. Sagitário e Áries não perdem tempo. Sabem que tudo se vai e que tudo igualmente renasce. É fácil para eles se **apaixonar** e depois igualmente se desapaixonar, ou então... se apaixonar por outro que apareceu, afinal, vai saber do que pode acontecer? É tudo tão fugaz, **tão livre,** tão espontâneo, mas não por isso menos forte e intenso. Se tem uma coisa que os filhos do fogo são é **intensos.** Haja intensidade! Se você for do tipo superficial ou racional demais, passe longe daqui para não se queimar. Os leoninos já são mais apegados. Mas quando decidem é fogo certo. Não há quem os faça mudar de ideia, e principalmente, voltar atrás. A fogueira já foi feita, o novo destino traçado e **o que ficou para trás já se queimou.** Os filhos do fogo prezam pela liberdade, pela **liberdade** de transformar, de desafiar paradigmas, de arriscar, de usar aquela roupa mais ousada – por que não? – e de amar. Os três amam intensamente. Às vezes, tão intensamente que precisam se esconder atrás de uma máscara de "não sinto tanto assim". Mas a verdade é que **borbulham** por dentro. Sentem tudo. Mesmo que não pareça, mesmo que não demonstre. E saia de longe (ou vire um balde de água fria) quando eles resolverem estourar. São labaredas em chamas. São poucos os que conseguem lidar com os acessos de raiva dos filhos do fogo. Mas fazer o quê? Eles são necessários para **destruir** o que não presta mais, o que está destruindo e ninguém vê, as ervas daninhas perniciosas do caminho. Tenha paciência e acolha-os. Jamais tire sarro de seus ataques. Procure entendê-los, **busque a razão** e lá você entenderá de onde aquilo tão repentinamente veio. E **se prepare** para os ataques de sinceridade. Nada melhor que os filhos do fogo para dizer as verdades que a gente não quer ouvir. Fazem a gente crescer e amadurecer um bocado. São ótimos para iniciar (e finalizar) as coisas. São **rápidos,** como uma labareda. Quando viu, já se foi, destruindo e construindo tudo pelo caminho. São **criativos!** E como são! São capazes de mudar o mundo, se assim decidirem, se assim seu coração apontar. O que seria de nós sem os filhos do fogo? O que seria de nós sem a sua vontade, iniciativa, tesão, paixão, **verdade,** intensidade, humor e amor? É preciso fogo, sempre. Os filhos de fogo são o símbolo da renovação, da força de vontade, do amor sem limites, da **força vital,** da garra, de tudo que arde e é chama. De tudo o que se queima e recomeça. De tudo o que é verdade, de tudo o que é intenso e de tudo o que é agora. Eu diria que eles são **os filhos do agora,** pois mais do que ninguém eles sabem que o tempo urge, e não dá para esperar, é muita vida esperando pela gente. Vivamos, então, intensamente como os filhos de fogo! **Como se não houvesse amanhã, como se tudo fosse virar cinzas... mesmo que depois delas renasçamos.**

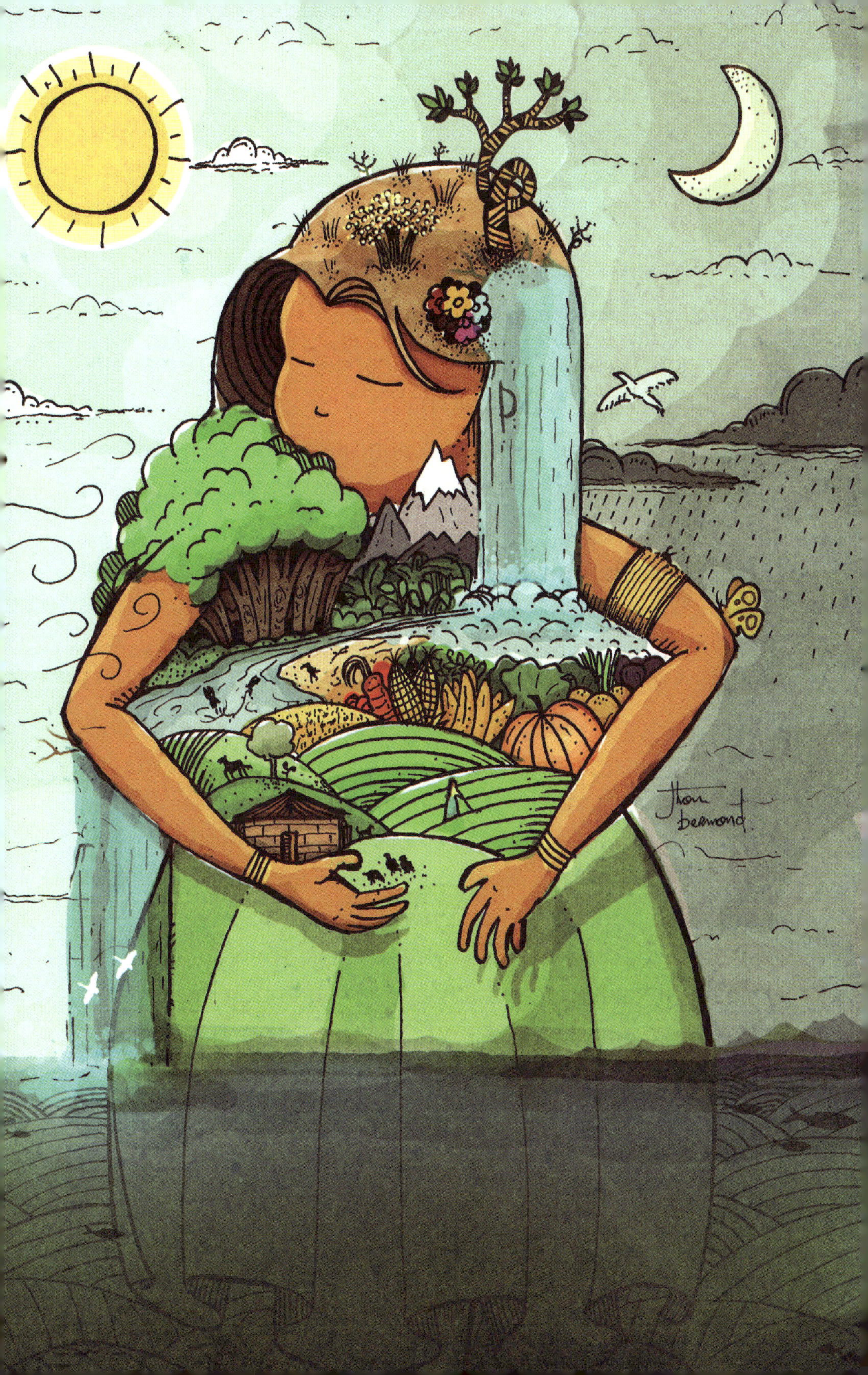

Todos têm sua função.
Filhos de terra, água, fogo e ar.

Não tem essa de esse signo é melhor que esse, esse é mais importante... Deus não erra na criação.

Ninguém veio com defeito e, principalmente, sem função... todos têm algo a completar aqui. Todos têm sua missão. Sua parte a contribuir.

Não existe um melhor que o outro, um mais importante ou algo assim. Somos uma rede e todas as funções são necessárias. Todos nós dependemos de todos nós. Todos nós somos necessários a todos... **não menospreze uma função** se você não a viveu, você só ainda não deu a importância a ela necessária e fez a ligação de que de alguma forma ela faz parte da sua rede de vida simplesmente porque você não a vive. Valorize todas as funções e tipos de pessoas e **personalidades**... precisamos de todos para seguir caminhando. Imagina se fôssemos todos iguais e fizéssemos a mesma coisa? Não sobreviveríamos um dia sequer... por isso, se ame e se aceite como for. Vai por mim, todos têm sua função aqui. Todos são importantes em algum sentido. **Deus não erra na dose.**

É a humildade de ensinar e principalmente a de aprender que nos torna apto a felicidade.
G.M.

@s.seramareviajar
facebook.com/sobreseramareviajar

**INFORMAÇÕES SOBRE NOSSAS PUBLICAÇÕES
E ÚLTIMOS LANÇAMENTOS**

editorapandorga.com.br
/editorapandorga
pandorgaeditora
editorapandorga

PandorgA